Ramona y su madre

Libros en español por Beverly Cleary
Books in Spanish by Beverly Cleary

Henry Huggins
Querido Señor Henshaw
Ramona empieza el curso
Ramona la chinche
Ramona y su madre

Ramona y su madre

BEVERLY CLEARY

Ilustrado por Alan Tiegreen
Traducido por Gabriela Bustelo

edición en español

Morrow Junior Books
New York

Published by Morrow Junior Books
a division of William Morrow and Company, Inc.
1350 Avenue of the Americas, New York, NY 10019
www.williammorrow.com

Printed in the United States of America.

10 9 8 7 6 5 4 3 2 1

Library of Congress Cataloging-in-Publication Data
Cleary, Beverly.
[Ramona and her mother. Spanish]
Ramona y su madre / Beverly Cleary; traducción de Gabriela Bustelo;
ilustraciones de Alan Tiegreen.   p.   cm.
Spanish version originally published: Madrid: Espasa-Calpe, 1989.
Summary: Ramona at 7 1/2 sometimes feels discriminated against by being
the youngest in the family.
ISBN 0-688-15466-2
[1. Family life—Fiction.   2. Mothers and daughters—Fiction.   3. Spanish
language materials.]   I. Bustelo, Gabriela.   II. Tiegreen, Alan, ill.   III.
Title.   [PZ73.C55218 1997]   [Fic]—dc21   97-1198   CIP AC

Contenido

Ramona y su madre

Un regalo para Willa Jean

—¿Cuándo van a venir? —preguntó Ramona Quimby.

En vez de pasar el trapo del polvo por el salón, como le habían dicho, estaba dando vueltas y más vueltas, intentando marearse. Estaba demasiado nerviosa para ponerse a limpiar.

—Dentro de media hora —gritó su madre desde la cocina, donde ella y Beatrice, la hermana mayor de Ramona, abrían y cerraban las puertas de la nevera y del horno, chocando una con la otra, olvidando dónde habían puesto los agarradores, encontrándolos y perdiendo entonces la cuchara de madera.

Los Quimby habían invitado a sus vecinos a un *brunch* el día de Año Nuevo para celebrar que el señor Quimby había conseguido un puesto de trabajo en el supermercado *Shop-Rite* después de estar en paro durante varios meses. A Ramona le gustaba la palabra *brunch,* y en su interior pensaba que su familia había hecho trampa porque ya habían desayunado temprano en la mañana. La verdad es que necesitaban tener fuerzas para preparar la fiesta.

—Oye, Ramona —dijo la señora Quimby mientras colocaba rápidamente los cubiertos de plata en la mesa del comedor—, vas a ser

simpática con Willa Jean, ¿verdad? Y procura no molestar a los invitados.

—Ramona, ¡ten cuidado! —dijo el señor Quimby, que estaba colocando unos troncos en la chimenea—. Has estado a punto de tirar la lámpara.

Ramona dejó de dar vueltas, tambaleándose por el mareo y haciendo una mueca. Willa Jean, la hermana pequeña de su amigo Howie Kemp, era una pesada, una mocosa que siempre se metía donde no la llamaban y encima tenía que salirse con la suya.

—Y pórtate bien —dijo el señor Quimby—. Willa Jean es una invitada más.

"Yo no la he invitado", pensó Ramona, que ya tenía bastante con aguantar a Willa Jean cuando iba a jugar a casa de Howie.

—Si Howie tiene catarro y no puede venir, ¿por qué no se queda Willa Jean con su abuela también? —preguntó Ramona.

14

—La verdad es que no lo sé —dijo su madre—. Así son las cosas. Cuando los Kemp me han preguntado si podían traer a Willa Jean, he tenido que decirles que sí.

"Pues no lo entiendo", pensó Ramona, dándose cuenta de que por las buenas o por las malas, Willa Jean iba a venir y más le valía estar dispuesta a defender sus posesiones. Fue a su habitación y guardó sus *crayolas* buenas y el papel de dibujo en un cajón, tapándolo todo con su pijama. Los patines de ruedas que le habían regalado por Navidad y sus juguetes preferidos, los animales de peluche, con los que ya no jugaba casi nunca pero que aún le encantaban, fueron a parar a un rincón del armario. Los escondió debajo de la bata de casa y cerró la puerta cuidadosamente.

"¿Con qué podría distraerla?", pensó. Sabía que si Willa Jean no tenía algo con que jugar, iría rápidamente a delatarla a los mayores: "¡Ramona ha escondido sus juguetes!" Puso una serpiente de peluche encima de la cama y luego pensó que a Willa Jean casi seguro que no le gustaban las serpientes de peluche.

Lo que le hacía falta era un regalo, algo envuelto y atado con un buen nudo, un regalo que Willa Jean tardara mucho tiempo en abrir. A Ramona le gustaba casi igual hacer regalos que recibirlos y si le daba algo a Willa Jean, no sólo disfrutaría con ello, sino que además sabía lo que iban a pensar los mayores: "Qué amable es Ramona, qué generosa, dándole un regalo a Willa Jean, ¿verdad? Y justo después de la Navidad, además". Mirarían a Ramona, que llevaba sus pantalones nuevos a cuadros rojos y verdes, con su suéter rojo de cuello alto, y dirían: "Ramona es una de las ayudantes de Papá Noel, es igualita que los duendes que vienen en Navidad".

Ramona sonrió mientras se miraba al espejo, satisfecha consigo misma. De los dientes importantes, sólo dos le habían salido a medias, con lo cual parecía una de las calabazas de la víspera de Halloween, pero no le importaba. Si ya le estaban saliendo dientes de persona mayor, el resto de la cara le iría cambiando poco a poco.

Por encima del hombro vio reflejada en el espejo una caja de *Kleenex* medio vacía, en el suelo, junto a su cama. *¡Kleenex!* Ésa era la solución al problema del regalo. Fue corriendo a la cocina, donde Beezus estaba trabajando la masa de los panecillos mientras su padre freía salchichas y su madre intentaba sacar del molde un enorme pastel de pescado para ponerlo en una fuente cubierta de lechuga.

andrés →

✗

—Lo del regalo es una buena idea —dijo la señora Quimby cuando Ramona le pidió permiso —pero una caja de *Kleenex* no me parece un regalo muy bueno.

Siguió agitando el molde. El pastel se negaba a deslizarse fuera de la vasija. Su madre, que tenía la cara enrojecida, echó un vistazo al reloj del horno.

Ramona insistió:

—A Willa Jean le gustará. Lo sé.

No tenía tiempo para explicarle lo que Willa Jean iba a hacer con los *Kleenex*.

La señora Quimby seguía luchando con aquel pastel de pescado tan cabezota.

—De acuerdo —acabó cediendo—. Hay una caja de sobra en el armario del cuarto de baño.

El pastel salió lentamente del molde y fue a parar, blanco y brillante, encima de la lechuga.

En el momento en que Ramona estaba terminando de envolver la caja grande de *Kleenex* con papel que había sobrado de los regalos de Navidad, empezaron a llegar los invitados. Primero, llegaron los Huggins y los McCarthy y la diminuta señora Swink, que llevaba unos pantalones de color verde lima con la parte de arriba haciendo juego. Todos dejaron sus paraguas apoyados a los lados de la puerta de entrada y los abrigos en el dormitorio, intercambiando los típicos comentarios de las personas mayores: "¡Feliz Año Nuevo!" "¡Me alegro de verte!" "Con esta lluvia, hemos estado a punto de venir nadando". "¿Creen que parará de llover alguna vez?" "Si no llueve nada, hombre". "No hay nada como el sol de Oregon". A Ramona le daba la sensación de haber oído ese chiste un millón de veces, y eso que sólo estaba en segundo.

Entonces el señor Huggins dijo al padre de Ramona:

—¡Enhorabuena! Me han dicho que ya tienes trabajo.

—Es verdad —dijo el señor Quimby—. Empiezo mañana.

—Qué bien —exclamó el señor Huggins.

Y Ramona pensó lo mismo por dentro. Tener un padre sin trabajo había sido una dura prueba para toda la familia.

Entonces la señora Swink miró a Ramona y le dijo sonriendo:

—Oye, Juanita, has crecido mucho. ¿Cuántos años tienes? No me acuerdo bien.

¿Debía decirle a la señora Swink que no se llamaba Juanita? No, la señora Swink era muy mayor y convenía tratarla con educación. El año pasado Ramona no hubiera podido remediarlo y hubiera dicho: "No me llamo Juanita. Me llamo Ramona". Pero este año no. Se hizo un silencio en la habitación mientras Ramona contestaba:

—Ahora mismo tengo siete años y medio.

Se quedó muy orgullosa de haber contestado tan finamente.

Los mayores soltaron una risita que avergonzó a Ramona. ¿Por qué tenían que reírse? Era verdad que tenía siete años y medio en aquel momento. No iba a tener siete años y medio toda la vida.

Justo entonces llegaron los Grumbie, seguidos de los padres de Howie, los Kemp, con Willa Jean, por supuesto. Aunque sabía andar perfectamente, su padre la llevaba en brazos para que no se le mojaran las medias y los zapatitos blancos. Willa Jean también traía algo entre los brazos, un enorme oso de peluche. Su padre la bajó hasta el suelo y la señora Kemp le quitó el abrigo, una manga tras otra para que no tuviera que soltar el oso.

Willa Jean, que normalmente iba bastante sucia, llevaba un vestido rosa con unas florecitas bordadas en el cuello. Su pelo rubio y rizado brillaba como un halo. Tenía unos ojos azules del mismo color que el plástico del cepillo de dientes de Ramona. Al sonreír se le veían unos dientecitos como perlas. Por una vez, Willa Jean no iba hecha un asco.

Ramona, con sus pantalones de pana y su suéter de cuello alto, empezó a sentirse grande y extraña junto a su pequeña invitada y le dio vergüenza tener unos dientes tan separados.

¡Y encima, los mayores no paraban de decir cosas a Willa Jean! "Hola, mi vida". "Mírala, qué angelito". "Dios te bendiga". "¿Papá Noel te ha traído ese oso tan grande?" Willa Jean sonreía y abrazaba su oso. Ramona se fijó en que tenía un volante de encaje cosido en la parte de atrás de los pantaloncitos.

—¿Cómo se llama tu oso, cielo? —preguntó la señora Swink.

—Woger —contestó Willa Jean.

La señora Kemp sonrió como si su hija hubiera dicho algo muy ingenioso y explicó:

—Le ha puesto Roger, como el lechero.

La señora Quimby sonrió y dijo:

—Una vez, Ramona puso de nombre a una de sus muñecas Chevrolet, como la marca de nuestro auto.

Todos soltaron una carcajada.

"No tenía por qué contar eso", pensó Ramona, furiosa de que su madre la hubiera traicionado contando, como si tuviera gracia, algo que ella había hecho hacía mucho tiempo. Seguía pensando que Chevrolet era un nombre muy bonito, aunque ya era suficientemente mayor para saber que las muñecas no suelen llamarse igual que los autos.

—¡Mira mi oso!

Andresito
→

Willa Jean levantó a Woger por los aires para que Ramona lo viera bien. Como todos estaban mirando, Ramona dijo educadamente:

—Es un oso bonito.

Y era verdad, el oso más bonito que Ramona había visto en su vida. Era grande y blando, con una cara peluda y simpática y además (esto era lo mejor de todo) en cada una de sus cuatro patas tenía cinco dedos peludos. Se podían contar, cinco en cada pata. Aunque a Ramona le parecía que ya era mayorcita para seguirle gustando los osos, le apetecía mucho cogerlo, abrazarlo y demostrarle su cariño.

—¿Quieres que te lo sujete? —preguntó.

—No —dijo Willa Jean.

—Ramona —susurró la señora Quimby—, lleva a Willa Jean a la cocina y siéntala a la

25

mesa para que no tire el jugo de naranja en la alfombra.

Ramona miró a su madre con cara de disgusto y su madre le hizo un gesto de "como no obedezcas, ya verás". La señora Quimby no estaba precisamente de buen humor cuando estaba a punto de servir una comida en un salón lleno de invitados.

Nada más entrar en la cocina, Willa Jean puso a Woger cuidadosamente encima de una silla antes de dar un salto para ponerse junto a él, enseñando sus pantaloncitos de encaje. Luego cogió el vaso de jugo con las dos manos, derramándose un poco encima de su vestido rosa tan limpio.

La señora Quimby, con la ayuda de Beezus, puso una fuente de huevos revueltos y otra de tocino con salchichas junto al pastel de pescado. Sacó rápidamente dos platos pequeños del armario y sirvió dos raciones que colocó delante de Ramona y de Willa Jean. Beezus, haciéndose la mayor, llenó una cesta de panecillos y la llevó al salón. Los invitados cogieron platos de un extremo de la mesa y empezaron a servirse.

Ramona hizo una mueca. Si Beezus podía comer en el salón con los mayores, ¿por qué ella no? Ya no era una niña pequeña. No iba a tirar la comida al suelo.

—¡Sé buena! —susurró la señora Quimby al ir a buscar la mermelada.

"Lo estoy intentando", pensó Ramona, pero su madre estaba demasiado atareada para poder darse cuenta de ello. Willa Jean tomó una cucharada de huevos revueltos y se puso manos a la obra, aplastando el resto sobre el plato con la cuchara.

Ramona observó cómo Willa Jean le daba un último toque a los huevos revueltos, cogía su oso y se marchaba al salón, dejando a Ra-

27

mona mordisqueando un panecillo, mientras pensativa, miraba sus trabajos manuales, sus ejercicios de matemáticas y unos *comics* que su padre había dibujado y que estaban colgados en la puerta de la nevera para que la familia pudiera admirarlos. Nadie echaba de menos a Ramona, totalmente abandonada en la cocina. La conversación que llegaba desde el salón era aburrida, sobre la subida de precios y quién iba a ser el próximo presidente. No se oía hablar de niños ni de nada interesante hasta que alguien dijo:

—Uy. Ten cuidado, Willa Jean.

Entonces, la señora Kemp dijo:

—No, no, Willa Jean. No metas los dedos en la mermelada del señor Grumbie. Te vas a manchar.

La señora Quimby fue a la cocina para ver si ya estaba el café.

—Ramona, ahora es un buen momento para que lleves a Willa Jean a tu cuarto y le des el regalo —susurró.

—He decidido no dárselo —dijo Ramona.

El señor Quimby, que estaba llenando la cesta de panecillos, oyó lo que decían.

—Obedece a tu madre —dijo en voz baja, pero serio—. Puede que así se calme la niñita esa.

Ramona estudió la situación. ¿Le convenía montar un lío? ¿Qué iba a conseguir con ello? Por otra parte, si le daba a Willa Jean el regalo, quizá conseguiría que le dejara el oso durante un rato.

—Bueno —dijo Ramona sin mucho entusiasmo.

La señora Quimby siguió a su hija hacia el salón.

—Willa Jean —dijo—. Ramona tiene un regalo para ti. Está en su cuarto.

Habían logrado captar la atención de Willa Jean.

—Ve con Ramona —dijo la señora Quimby en tono firme.

Willa Jean, aferrada a su oso, echó a andar.

—Toma.

Ramona empujó el paquete hacia Willa Jean y cuando su invitada dejó el oso encima de la cama aprovechó para intentar cogerlo.

Willa Jean soltó el paquete.

—Woger es mío —dijo, corriendo hacia el salón con él.

Al rato volvió sin el oso, arrancando atropelladamente el papel de envolver.

—Esto no es un regalo —dijo con cara de indignación—. Son *Kleenex*.

—Pero son sólo tuyos —dijo Ramona—. Siéntate y te enseñaré lo que tienes que hacer.

Rasgó la caja por la línea de puntos, tirando del primer pañuelo rosa y del siguiente.

—¿Ves? Puedes quedarte aquí y sacarlos todos, porque son sólo tuyos. Puedes vaciar la caja entera, si quieres.

No se molestó en decirle a Willa Jean que ella siempre había querido vaciar una caja entera de *Kleenex*, uno tras otro.

Willa Jean empezó a poner cara de interés. Sacó un pañuelo y después otro. Y otro, y otro. Cada vez lo hacía más deprisa. Al poco tiempo tenía aspecto de estarse divirtiendo tanto que a Ramona le entraron ganas de ayudarla.

—Son míos —dijo Willa Jean cuando Ramona extendió el brazo hacia la caja.

Willa Jean se levantó sin dejar de sacar pañuelos y corrió por el pasillo hacia el salón. Ramona fue detrás.

—¡Mira! —gritó Willa Jean a los mayores

mientras correteaba llenando toda la habitación de pañuelos. Los invitados agarraron
con fuerza sus tazas de café y las levantaron
para ponerlas a salvo.

—No, no, Willa Jean —dijo la señora
Kemp—. A la señora Quimby no le va a hacer
ninguna gracia que le gastes todos los
Kleenex.

—¡Son míos!

Willa Jean estaba feliz de poder desperdi-
ciar los *Kleenex* y llamar la atención al mismo
tiempo.

—Ramona me los ha regalado —dijo.

Ramona echó un vistazo por la habitación
para localizar el oso, que estaba sentado en
las rodillas del señor Grumbie.

—¿Quieres que te sujete a Roger? —dijo
Ramona, esforzándose para no decir Woger.

—No —contestó la dueña, adivinando el

truco de Ramona—. A Woger le gusta sentarse ahí.

El señor Grumbie no parecía especialmente contento.

Los padres de Willa Jean no hacían ningún esfuerzo para detener el arrebato repentino de su hija. Ramona la miraba fijamente, sintiéndose cada vez mayor. Pero también se iba poniendo más tensa, mientras Beezus daba vueltas por la habitación, esquivando a Willa Jean y sirviendo café como si ella también fuera una persona mayor.

Al principio, a los invitados les hizo gracia aquello, pero dejaron de encontarlo divertido a partir del momento en que tuvieron que empezar a apartar las tazas de café cada vez que pasaba Willa Jean. La habitación estaba completamente llena de *Kleenex* de color rosa. Ramona oyó al señor Huggins susurrar:

—Oye, ¿cuántos *Kleenex* hay en una de esas cajas?

La señora McCarthy contestó:

—Doscientos cincuenta.

—Son muchísimos —dijo el señor Huggins.

Cuando Willa Jean llegó al último, se subió al sofá y colocó el *Kleenex* cuidadosamente sobre la calva del señor Grumbie.

—Ya tienes un sombrero —dijo.

La conversación se apagó de repente y la fiesta también. Ya nadie llamaba "cielo" a Willa Jean, ni decían "Dios te bendiga".

Los Grumbie fueron los primeros en marcharse. El señor Grumbie entregó el oso a la madre de Willa Jean, mientras su hija cogía un puñado de *Kleenex* y los lanzaba por el aire.

—¡Yupi! —gritaba, cogiendo más *Kleenex*—. ¡Yupi!

Aquello fue como una señal para que todos se marcharan.

—¿No quieren llevarse los *Kleenex*? —preguntó la señora Quimby a la madre de Willa Jean—. Podemos meterlos en una bolsa.

—No te preocupes. Willa Jean ya se ha divertido bastante —dijo la señora Kemp, mientras ayudaba a su hija a ponerse el abrigo.

—Adiós —dijo Willa Jean educadamente, mientras su padre salía por la puerta con ella y con Woger.

El resto de los invitados decían al señor y la señora Quimby lo bien que lo habían pasado. Beezus estaba de pie junto a ellos, como si la fiesta hubiera sido suya también. La señora McCarthy sonrió.

—Se nota que eres una buena hija— afirmó.

—No sé qué haría sin ella —contestó la señora Quimby generosamente.

—Adiós, Juanita —dijo la diminuta señora Swink.

—Adiós, señora Swink —contestó Ramona, demostrando su buena educación hasta el último momento.

Tiró un puñado de *Kleenex* por los aires para que su madre se fijara en ella también. La verdad es que jugar con *Kleenex* que ya habían sido sacados de la caja por otra persona no era muy divertido, y la señora Quimby estaba tan ocupada, despidiéndose de los invitados, que no se dio ni cuenta.

Por fin, se cerró la puerta y el fino oído de Ramona captó las voces de los vecinos que estaban fuera.

—Willa Jean me recuerda mucho a Ramona cuando era pequeña —dijo alguien.

Otra persona contestó:

—Desde luego, es igualita que Ramona.

Ramona se indignó. "Willa Jean no se parece en nada a mí —pensó enfurecida—. Yo no era tan pesada".

—¡Buf! —dijo el señor Quimby—. Se acabó. No entiendo cómo tienen tan mimada a esa niña.

—Será por culpa de su abuela, supongo— contestó la señora Quimby—. O puede que les sea más fácil hacer que no se enteran.

—Venga, vamos a recoger esto entre todos —dijo el señor Quimby—. Ramona, trae una bolsa y recoge todos los *Kleenex*.

—Los *Kleenex* están hechos de árboles— dijo Beezus, que ya había empezado a ayudar a su madre a recoger las tazas de café del salón—. No hay que desperdiciarlos. Últimamente Beezus se había vuelto una gran defensora de los árboles.

—Pon la bolsa de *Kleenex* en el armario del

cuarto de baño —dijo la señora Quimby— y vamos a procurar acordarnos de usarlos.

"Yo nunca me he portado tan mal como Willa Jean —se dijo Ramona a sí misma mientras se dedicaba a recoger los doscientos cincuenta *Kleenex* desperdigados—. Lo sé perfectamente". Siguió el rastro hasta su habitación y después de haber metido en la bolsa el número doscientos cincuenta, se apoyó en la cómoda para observarse detenidamente en el espejo.

"¿Por qué nadie me llama la niña de mamá? —pensó Ramona—. ¿Por qué mamá me dice que no sabe qué haría sin mí?"

UNOS PANTALONES PARA ELLA FUNT

El día que el padre de Ramona empezó a trabajar como cajero en el supermercado *Shop-
Rite,* todo cambió en casa de los Quimby. A
veces, el señor Quimby trabajaba durante
todo el día; otras veces trabajaba sólo por la
tarde, hasta la hora de cenar. Unas veces se
llevaba el auto y entonces la señora Quimby
cogía el autobús para ir a la consulta del doctor Hobson. Otras veces conducía ella el auto

y él iba en autobús, o uno de ellos llevaba al otro al trabajo.

La vida de Ramona también había cambiado. Ahora iba a casa con Howie Kemp al salir de la escuela. Los Quimby le pagaban a la abuela de Howie para que cuidara a Ramona hasta que uno de sus padres pudiera ir a buscarla al salir del trabajo. La señora Quimby decía que era incapaz de trabajar tranquila sin saber dónde estaba Ramona en todo momento. Beezus también iba a casa de los Kemp después del colegio, a no ser que llamara por teléfono para pedirle permiso a su madre para ir a casa de una amiga. Ramona no podía elegir.

Hacía una mañana lluviosa, era sábado y el señor Quimby llevaba varias semanas trabajando en el supermercado, cuando Ramona preguntó a su madre:

—¿Dónde tienes que ir hoy?

El señor Quimby siempre trabajaba el sábado, el día en que iba más gente de compras, con lo cual la señora Quimby podía usar el auto para hacer mandados. Ramona quería saber qué compras iba a hacer su madre porque siempre tenía que ir con ella, o mejor dicho, tenía que ir a rastras. La mayor parte de los mandados no le interesaba en absoluto.

La señora Quimby se quedó un rato pensativa antes de contestar:

—Pues, ¿sabes lo que te digo? A ningún sitio. Hay comida en la despensa. A nadie le hace falta zapatos. Tampoco hay que comprar ningún regalo de cumpleaños. Puedo quedarme en casa.

—Entonces, ¿qué vas a hacer? —preguntó Ramona, que esperaba que su madre no hubiera decidido limpiar la casa.

—Coser —contestó la señora Quimby—.

Llevo varias semanas intentando terminar una blusa.

Pasar una mañana lluviosa cosiendo podría ser de lo más acogedor. Ramona observó cómo su madre sacaba la máquina de coser portátil y la ponía encima de la mesa del comedor junto con un patrón y un rollo de tela.

—Me voy a lavar el pelo —proclamó Beezus.

—¿Otra vez? —preguntó la señora Quimby—. Si te lo lavaste anteayer.

—Es que lo tengo muy grasiento —se quejó Beezus.

—No te preocupes. Es por tu edad —dijo la señora Quimby—. Ya te cambiará.

—Claro —dijo Beezus con cara de mal humor—. Dentro de un millón de años, cuando sea tan mayor que me dé igual.

—Nunca vas a ser tan mayor —dijo la señora Quimby—. Te lo aseguro.

Ramona, aburrida de oír a su hermana quejarse todos los días sobre lo grasiento que tenía el pelo, se apoyó en la mesa del comedor para observar a su madre.

—Me gusta que te quedes en casa —comentó, acordándose de los tiempos en que su madre no trabajaba, cuando la casa olía a galletas o a pan recién hecho los sábados por la mañana.

—¿Puedo coser yo también? —preguntó, pensando en una mañana de camaradería junto a su madre.

Se imaginó a un vecino que venía a hacerles una visita y decía: "Se nota que eres una buena hija", mientras las dos cosían juntas. "Sí —contestaría su madre—, no sé qué haría sin ella".

—Por supuesto que puedes coser. Ya sabes dónde está la caja de los retazos —contestó su madre sonriendo—. ¿Qué vas a hacer?

—Tengo que pensarlo —dijo Ramona.

Fue a su habitación y regresó con un elefante de peluche con aspecto cansado y un trozo grande de tela a cuadros rojos y blancos, un resto de un vestido que le había hecho su madre cuando estaba en *kinder*. Aquel vestido le encantaba porque hacía juego con un sombrero de plástico rojo que le habían regalado los bomberos cuando fue con su clase a visitarlos.

La señora Quimby levantó la vista de la máquina de coser.

—Hacía mucho tiempo que no veía a Ella Funt —comentó al ver a Ramona colocar el elefante de pie sobre la mesa.

—Voy a hacerle unos pantalones —dijo Ramona, mientras desplegaba el trozo de tela—. Los otros animales todos tienen ropa, menos la serpiente esa.

La señora Quimby se quedó pensativa.

—Hacer unos pantalones para un elefante no va a ser nada fácil —dijo—. ¿No sería mejor hacerlos para Chevrolet?

—Está demasiado vieja —dijo Ramona con un gesto crítico.

—Yo en tu lugar, haría . . . —intentó aconsejarle la señora Quimby mientras Ramona observaba el trozo de tela.

—Sé hacerlo perfectamente —interrumpió Ramona, que siempre se ponía impaciente cuando le daban instrucciones.

La señora Quimby no dijo nada más. Empezó a oírse el zumbido de la máquina de coser. Ramona cogió las tijeras de su madre y se puso a cortar la tela. Eran unas tijeras que cortaban en zigzag y le gustaba mucho ver cómo la tela se separaba en una línea zigzagueante tan perfecta. Trabajar en silencio en la mesa, con su madre sentada al lado, le gustaba aún más. Hasta *Tiquismiquis,* el gato

viejo y gruñón, que estaba sentado en una esquina del comedor lamiéndose las patas, se estaba comportando decentemente.

Aquélla era una mañana para hablar de cosas secretas.

—Mamá, ¿yo me parecía a Willa Jean?

Había estado deseando preguntárselo desde el día de los invitados.

La señora Quimby terminó el dobladillo antes de contestar.

—Eras una niña muy activa y con mucha imaginación, igual que ahora.

Ramona se quedó más tranquila al oír las palabras de su madre.

—Yo nunca tiraría *Kleenex* en un salón lleno de invitados —dijo con cara de ángel.

Si todos los sábados pudieran ser así, sin recados que hacer, las dos cosiendo juntas.

—Ahora que papá tiene trabajo, ¿vas a dejar de trabajar? —preguntó Ramona, mientras Beezus entraba en el comedor con el pelo húmedo pero peinado.

La señora Quimby levantó la vista del cuello que prendía a la blusa con alfileres.

—Pues, no —contestó como si le hubiera sorprendido la pregunta.

—¿Por qué no? —preguntó Ramona un poco enfadada mientras Beezus sacaba unos trozos de tela de la bolsa.

—Porque aún tenemos cuentas sin pagar de la época en que tu padre no tenía trabajo —explicó la señora Quimby— y porque nos hacen falta muchas cosas para las que se necesita tener dinero. Beezus tendrá que ir a la universidad dentro de cinco años, y tú también, dentro de unos años más.

Ramona consideraba la universidad como una escuela para mayores y lo veía como algo muy lejano. Las madres se preocupaban por los hijos que estaban en la universidad y les mandaban unos paquetes con cajas de galletas. Lo había escuchado una vez cuando oyó a unos vecinos hablar con su madre. Le sorprendió enterarse de que ella y su hermana iban a tener que ir a una de esas escuelas algún día.

—Además —continuó la señora Quimby—, me gusta mi trabajo. Tengo unos compañeros con los que me llevo bien y el doctor Hobson es un buen jefe.

—Sería estupendo que a papá le gustara su trabajo —dijo Beezus con la cabeza inclinada sobre la falda que estaba hilvanando.

Ramona entendía muy bien a Beezus, porque a ella también le daba pena y se le encogía el estómago cuando su padre llegaba a casa cansado y harto, después de haber pasado todo el día atendiendo una cola de clientes. La gente siempre va con prisa y muchos de ellos se ponen de mal humor cuando hay que esperar en la cola. Algunos de los clientes se portaban como si su padre tuviera la culpa de que las cosas fueran tan caras.

—A mí también me encantaría que estuviera contento —dijo la señora Quimby, con una voz un poco triste—. Pero cuando lleve un tiempo trabajando en *Shop-Rite*, puede que le acabe gustando más. Es difícil acostumbrarse a un trabajo nuevo.

Ramona levantó los dos trozos de tela que había cortado para la parte delantera y trasera de los pantalones. Hasta entonces siempre había hecho todas sus labores con cinta adhesiva o con una grapadora. Pero había llegado el momento de aprender. Beezus ya llevaba varios años usando la máquina de coser.

—¿Me dejas usar la máquina? —preguntó.

—Si tienes cuidado, sí.

Su madre le hizo una demostración del manejo de la máquina. Ramona tuvo que ponerse de pie para poder usarla, pero descubrió que era más fácil de lo que pensaba. Siguió las instrucciones de su madre cuidadosamente, observando cómo subía y bajaba la aguja, dejando un rastro de puntadas diminutas e iguales. Qué placer. La máquina era mucho mejor que la grapadora. No había peligro de que se atascara ni de quedarse sin grapas. A Ramona se le empezaron a ocurrir un montón de cosas para hacer con una máquina de coser. Quizá, incluso, se podía coser papel y hacer un libro. Rápidamente, pero con cuidado, terminó las costuras de los pantalones de Ella Funt.

—¿Has visto? Yo también sé coser con la máquina —dijo Ramona para fastidiar a Beezus.

Su hermana ni siquiera se tomó la molestia

de contestar. Estaba demasiado ocupada estirándose la falda, mientras la señora Quimby la miraba para ver si estaba bien de tamaño.

Ramona cogió su elefante de peluche gris y procuró meter las patas de atrás en las perneras del pantalón.

La señora Quimby prendió con alfileres la cinturilla de la falda de Beezus y se puso a cierta distancia para ver cómo le quedaba.

—Así está muy bien —dijo—. Ya puedes coserla.

Bea, contenta, fue a su habitación para poder admirar su labor en el espejo.

Mientras tanto, Ramona estaba dando tirones a los pantalones de Ella Funt, pero por mucho que lo intentaba, no conseguía que le llegaran a donde calculaba que debía estar la cintura del elefante. Una de dos, o el trasero de Ella Funt era demasiado grande, o los pantalones eran demasiado pequeños. Además, la parte delantera de los pantalones parecía demasiado grande. Se hacían arrugas debajo de la panza de Ella Funt. Ramona frunció el ceño.

Beezus entró en el salón dando vueltas para que se le levantara la falda. No había más que mirarla para ver lo contenta que estaba.

Ramona siguió frunciendo el entrecejo, aunque su madre y su hermana ni se fijaron. Les daba igual. La máquina de coser seguía zumbando. Beezus se quitó la falda, dejándola caer al piso. Ramona soltó un suspiro ruidoso. La máquina de coser dejó de sonar.

—¿Cómo va eso, Ramona? —preguntó la señora Quimby.

—Estos pantalones me han salido mal— dijo Ramona con cara de furia—. ¡Son un asco!

La señora Quimby miró fijamente a Ella Funt, con los pantalones recién hechos.

—Bueno —dijo finalmente—, quizá deberías intentar coser algo más fácil. Hacer unos pantalones a un elefante es muy complicado. Estoy segura de que yo no sería capaz.

Ramona frunció el entrecejo con todas sus fuerzas.

—Me gustan las cosas difíciles —dijo.

—Ya lo sé, y te admiro por ello —contestó su madre—, pero a veces conviene empezar por algo fácil e ir aprendiendo poco a poco.

—¿Por qué no haces una falda? —sugirió Beezus—. Ella Funt es una chica.

—¡No quiero hacer una falda! —dijo Ramona, casi gritando—. ¡Quiero hacer unos pantalones!

Miró a su madre y a su hermana, tan contentas con su costura. ¿Por qué a ella no le salían las cosas igual de bien? Era como si la hubieran dejado fuera de una situación en la que quería estar incluida. *Tiquismiquis* dejó de asearse, miró a Ramona fijamente y salió lentamente de la habitación con aspecto desdeñoso.

—Oye, Ramona —dijo la señora Quimby

con suavidad—. Ya sé que te da rabia, pero
la vida está llena de pequeñas desilusiones.
Ya se te pasará. ¿Por qué no intentas hacer
otra cosa? Una falda . . . como dice Beezus.

—¡No se me pasará!

Sabía de sobra que la vida está llena de desilusiones. No hacía falta que se lo dijeran. Se
llevaba una desilusión casi todas las noches
porque tenía que estar en la cama a las ocho
y media, con lo cual casi nunca conseguía ver
el final de la película que ponían a las ocho
en la televisión. Había visto muchos princi-
pios, pero ningún final. Y aunque ya era
mayor para montar en triciclo, seguía dándole rabia no conseguir una de esas matrículas con su nombre. ¿Es que a la gente que
fabrica esas matrículas no se les ocurre pensar que puede haber niñas que se llamen Ramona? Y también se acordaba de cuando
había ido a buscar huevos de Pascua al

parque. Se había llevado una bolsa de papel enorme y sólo había encontrado dos huevos de chocolate. Y uno de ellos lo había pisado alguien. Sí, Ramona sabía muy bien lo que son las desilusiones.

Lo de los pantalones de Ella Funt no era una de las pequeñas desilusiones de la vida. Era una gran desilusión porque había fracasado en una cosa que quería hacer y porque ya no le daba la sensación de estar compenetrada con su madre. Beezus había ocupado su lugar.

—¡No quiero hacer algo más fácil! —gritó Ramona, mientras lanzaba a la pobre Ella Funt y los pantalones al otro lado del comedor.

Al ver el elefante rebotar contra la pared, le pasó una idea por la cabeza. Su madre no le había dicho claramente que no se parecía a Willa Jean.

La señora Quimby le habló en tono firme:

—Basta, Ramona. Tranquilízate.

—¡No quiero tranquilizarme! —gritó Ramona, echándose a llorar.

Corrió hacia el refugio que usaban todos los miembros de su familia cuando tenían necesidad de llorar. Allí se sentó en el borde de la bañera, llorando desconsoladamente. No había derecho. Últimamente su madre no hacía más que decir que Beezus estaba en una edad difícil y que había que tener paciencia con ella. Y Ramona, ¿qué? También estaba en una edad difícil: demasiado pequeña para sentarse con su madre a coser y demasiado mayor para vaciar una caja de *Kleenex* y tirarlos por toda la casa como había hecho Willa Jean. La gente hace mal en pensar que tener siete años y medio es fácil, porque no es verdad.

Mientras estaba sentada en el borde de la

bañera, compadeciéndose a sí misma e intentando poner sus ideas en orden, descubrió junto al lavamanos un tubo de pasta de dientes casi nuevo, de color rojo, blanco y azul. Qué aspecto tan suave y brillante tenía. Sólo estaba un poco hundido en el lugar donde alguien lo había apretado una vez. Por lo demás, estaba prácticamente nuevo y además era de tamaño familiar.

De repente, se le ocurrió una idea. Llevaba toda la vida deseando estrujar un tubo de pasta de dientes, estrujarlo de verdad, no echarse un poco en el cepillo, sino vaciar un tubo entero, un tubo de tamaño familiar, sin dejar nada, igual que en una época le había apetecido vaciar una caja de *Kleenex*.

"Sólo un poquito —pensó Ramona—. Para tranquilizarme".

Cogió el tubo. Qué gordo y suave era. Desenroscó la tapa y la dejó encima de la repisa.

Después, apretó el tubo justo como siempre le habían dicho que no lo apretara, por el centro. La pasta blanca salió disparada, mucho más deprisa de lo que se había imaginado.

Efectivamente, al ver el chorro, Ramona empezó a sentirse mucho mejor. Volvió a apretar. Otro chorro tranquilizador. Se sintió mejor todavía. ¡Era más divertido que pintar con los dedos o hacer tortugas de plastilina! De repente, empezó a darle igual lo que pudieran pensar los demás. Siguió apretando y estrujando, apretando y estrujando. Se olvidó de los pantalones de Ella Funt, se olvidó de su madre y de Beezus, se olvidó de que nadie decía que ella fuera una buena hija. La pasta había ido amontonándose en el lavamanos, serpenteando y enrollándose. Ramona adornó el lavamanos con unas rosas, como si fuera un pastel de cumpleaños. Cuando el tubo ya estaba prácticamente va-

cío, lo enrolló desde abajo y siguió apretando.
Fue enrollando el tubo cuidadosamente para
que no quedase ni una gota de pasta de dientes.

"Ya está", pensó Ramona, sintiendo un
placer y una satisfacción que desgraciadamente no duraron mucho. Con el tubo aún
en la mano se quedó mirando aquel montón
de color blanco. ¿Qué iba a decir su madre al
verlo? ¿Qué podía hacer? ¿Abrir el grifo para
que se fuera por el desagüe? ¿Y si se llenaba
de espuma el cuarto de baño entero? Además, podía atascarse el lavamanos. Y entonces sí que se metería en un lío.

Como era de suponer, Beezus venía
justo en ese momento por el pasillo hacia
el cuarto de baño. Ramona intentó cerrar
la puerta, pero Beezus metió un pie para
impedírselo.

Ramona intentó tapar la pasta de dientes

poniéndose delante del lavamanos. Desgraciadamente, era demasiado pequeña.

Beezus miró por encima del hombro de su hermana.

—¿Eso es *pasta de dientes?* —preguntó sorprendida.

Ramona frunció el ceño porque no se le ocurría nada mejor que hacer.

—¡Mamá! —gritó Beezus, que había visto el tubo enrollado y vacío—. ¡Ramona ha vaciado un tubo entero de pasta de dientes!

Parecía ser que Beezus, aparte de haberse convertido en una defensora de los árboles, también le había cogido cariño a la pasta de dientes.

—¡No digas nada! —le ordenó Ramona, con voz tajante—. Ya me encargo yo de recogerla.

—¿Cómo? —preguntó Beezus—. ¿Cómo piensas recogerla?

—Con una cuchara. Metiéndolo todo en una bolsa de plástico con una cuchara —dijo Ramona—. Y que cada uno meta el cepillo en la bolsa para cogerla.

—Puaj —contestó Beezus, haciendo un gesto como de asco—. Así se van a mezclar todos nuestros microbios.

—Cursi —dijo Ramona.

—¡Niñas! —la señora Quimby apareció de repente, para ver por qué discutían—. Ramona, ¿se puede saber qué te pasa? —preguntó con voz de desesperación al ver la tarta de cumpleaños hecha de pasta de dientes.

Era todo demasiado difícil de explicar. Casi imposible, por lo cual Ramona dijo con aire de seguridad, como hacía ese hombre tan gracioso que salía en la tele: "Se me ha metido el demonio dentro".

—No tiene ninguna gracia, Ramona —la señora Quimby hablaba totalmente en serio.

Ramona no lograba entenderlo. Cuando salía ese señor por la tele, diciendo que se le había metido el demonio dentro, todos se reían. ¿Por qué cuando lo decía ella no tenía gracia? Porque tenía siete años y medio (*¡siete años y medio!*). Por eso. Los mayores siempre se salen con la suya. No hay derecho.

—Trae una cuchara y un bote de la cocina —le ordenó la señora Quimby— y recoge toda esa pasta de dientes —después dijo a Beezus—: Que ella use la del bote y yo voy a traer otro tubo para nosotros.

A Ramona le dio un poco de rabia que la dejaran sin usar la pasta de dientes familiar durante tanto tiempo. Y no le gustaba nada que su madre hablara de ella con Beezus como si ella no estuviera presente.

—Ramona —dijo su madre—, que sea la última vez que te pillo vaciando un tubo entero de pasta de dientes.

—Esta bien —prometió Ramona.

De camino a la cocina en busca del bote y la cuchara, empezó a ponerse de buen humor. Vaciar un tubo de pasta de dientes era una de las cosas que siempre había querido hacer. Por supuesto que no iba a repetirlo. Ya lo había hecho una vez. No le hacía falta volver a hacerlo.

A RAMONA NO LA QUIERE NADIE

En febrero, llegó un día en que a Ramona le empezó a salir todo mal, en cadena, como una fila de fichas de dominó. El primer empujoncito lo dio su madre.

—Por cierto, Ramona —dijo la señora Quimby después de desayunar, mientras echaba a toda velocidad papas, zanahorias y trozos de carne en la olla eléctrica para dejarlo cociendo lentamente, mientras todos estaban fuera—. No corras por el pasillo en medias, por favor. Puedes resbalar y caerte.

Su padre intervino también:

—Otra cosa, Ramona —dijo mientras quitaba los hilos al apio antes de partirlo y echarlo al guiso—. Cuando te laves las manos, intenta no dejar suciedad en el jabón.

Y después Beezus.

—O en la toalla.

—Aún no he tenido tiempo de ensuciarme —dijo Ramona, que ya había terminado de desayunar—. Y los zapatos, los tengo puestos.

—Estamos hablando de ayer —dijo su padre.

A Ramona le parecía que ayer estaba lejísimos, que no merecía la pena hablar de ello.

—Todo el mundo se mete conmigo —dijo.

—Pobrecita —dijo el señor Quimby, dándole un beso en la mejilla a su mujer y a cada una de sus hijas en la cabeza. Después dijo, entonando las primeras palabras—: Tralalá, tralalá, me marcho a trabajar . . . y hoy tengo que acordarme de cuarenta y seis cambios de precio.

Ramona sabía que a su padre le horrorizaban los miércoles, el día en que cambiaba el precio de la fruta y la verdura.

—Puede que te sea más fácil cuando te vayas acostumbrando —dijo la señora Quimby.

Su esposo se marchó a coger el autobús y ella le dio un beso a sus hijas con cara de estar pensando en otra cosa. Entregó a Ramona su maletín del almuerzo y a Beezus una bolsa de papel marrón con un *sandwich* dentro. A los de séptimo les parece que llevar la comida en un maletín es cosa de niños pequeños.

—Dense prisa —dijo la señora Quimby—. Hoy tengo que salir antes para llevar a revisar los frenos del auto y luego tengo que tomar el autobús para ir a trabajar.

—Me gustaría que papá se acostumbrara a su trabajo —comentó Beezus, mientras las dos hermanas se dirigían desganadamente hacia la escuela Glenwood.

Había niebla y soplaba un viento helado. Hacía varios días que las calles estaban demasiado mojadas para poder patinar sobre ruedas.

—Y a mí —dijo Ramona pensando que si sus padres estaban contentos, ellas también lo estarían—. ¿Por qué no intenta conseguir otro trabajo?

—Es que no es tan fácil —le explicó Beezus. Acuérdate de cuánto tiempo ha estado sin trabajar antes de conseguir empleo en el supermercado.

Claro que sí. Por supuesto que Ramona se acordaba de lo desesperado que volvía su pa-

dre después de haber pasado el día entero buscando trabajo y de lo poco que le gustaba hacer cola para cobrar el paro.

—A lo mejor sería más fácil si hubiera terminado la carrera —dijo Beezus.

—¿Por qué no la terminó? —preguntó Ramona.

—Porque se casó con mamá —le explicó Beezus—. Y entonces, nací yo.

La última frase la dijo con tono de superioridad, como si fuera más importante que Ramona por haber nacido antes.

"Pero yo soy la mimada", pensó Ramona. Se sentía feliz de ir a la escuela; esperaba irse poniendo cada vez de mejor humor. Le parecía muy simpática la maestra que le había tocado este año, la señora Rudge, que daba clases en segundo, sustituyendo a la maestra anterior que se había marchado después de Navidad porque iba a tener un bebé. A Ramona le parecía que la señora Rudge también le tenía cariño a ella, igual que al resto de los niños, pero no estaba segura del todo. En su clase se oía el zumbido de fondo que hacían los niños, mientras aprendían cosas sobre los indios y a escribir en letra cursiva.

A media mañana, Ramona ya había terminado los ejercicios y se entretenía en rellenar todas las palabras en las que salía dos veces la letra "o", aprovechando para convertirlas en caras enojadas:

La señora Rudge, que caminaba entre las filas, se detuvo junto a su mesa. A Ramona le dio tiempo de tapar las caras enojadas.

La señora Rudge echó un vistazo a su ejercicio.

—¿ Por qué no te fijas bien? —le sugirió—. ¿*Hijo* se escribe con *g*?

—No sé —dijo Ramona—. *No puedo* hacerlo bien. Siempre pongo la letra que no es.

Eso le decían siempre sus padres y su hermana, cuando les dejaba una nota escrita. Siempre soltaban una risita y decían: "La ortografía no es lo suyo. Ha puesto *ahí* en vez de *hay*". A veces, parecía que incluso consideraban que Ramona tenía mérito por ello.

A partir de ese momento Ramona supo que la señora Rudge era una maestra que no admitía excusas.

—No existe tal frase como *no puedo* —dijo, mientras se alejaba para inspeccionar el ejercicio de Becky.

¿Cómo puede decir que no existe tal frase como *no puedo*, cuando ella misma la acaba de decir? No entendía nada. Quizá fuera una broma de la señora Rudge.

75

Ramona se quedó con la sensación de que su maestra le tenía un poco de manía porque no la había ayudado a escribir bien la palabra en la que se había equivocado.

A la hora de comer, Ramona entró en el comedor con su maletín y descubrió que su madre le había hecho un sandwich con la carne estofada que había sobrado de la cena. No le gustaban nada los sandwiches de carne estofada porque al morderlos se salían los trozos de carne por los lados. Después de pasar un rato masticando, pensó: "Ya no quiero más", y metió lo que quedaba en el envase de cartón donde venía la leche. Después lo tiró todo al cesto de la basura y se quedó pensando qué tendría de malo decir *No puedo*. Menudo día.

Después de la escuela, al llegar a casa de los Kemp, Ramona y Howie tomaron un vaso de jugo de manzana y comieron las mismas galletas que la abuela de Howie les daba todos los días para merendar. Willa Jean, tan pegajosa como siempre, se dedicó a mirarles fijamente mientras agarraba con fuerza a Woger por una pata. Llevaba puesta una camiseta en la que ponía *La Abuelita Me Ama*. Le quedaba tan pequeña que se le veía el ombligo . . . el ombliguito, como decía su abuelita.

Howie sacó el tablero para jugar a las damas y lo puso cuidadosamente sobre la alfombra. Ramona se arrodilló junto a su amigo para ayudarlo a separar las fichas rojas de las negras.

—Yo quiero jugar —dijo Willa Jean sentándose encima de Woger, como si fuera un almohadón.

Ramona jamás hubiera tratado así a un oso, y menos a un oso como Woger.

—Venga, anda, Willa Jean . . . —protestó Howie, que no se llevaba muy bien con su hermana.

—Vamos, Howie —dijo su abuela, mientras hacía una de sus interminables labores de punto—. No seas malo con tu hermana. Ya sabes que es más pequeña que tú.

Howie lo sabía de sobra.

Willa Jean, encantada de que su abuela la defendiera, puso una dama roja encima de una negra.

—Te toca —le dijo a Ramona, haciéndose la amable.

Ramona y Howie se miraron con cara de desesperación. Sabían muy bien lo que significaba jugar a las damas con Willa Jean. Ramona colocó una dama negra encima de la roja que había puesto Willa Jean. Howie colocó otra y siguieron así hasta que la torre de damas empezó a torcerse. Cuando Willa Jean

puso una de las últimas fichas, la torre se des-
plomó.

—¡Gané! —chilló Willa Jean, mientras
Howie intentaba evitar que las fichas fueran

a parar debajo del sofá—. ¡Abuelita, le gané Howie y a Wamona!

—¡Qué lista! —dijo la abuela de los Kemp, dejando de tejer un instante para sonreír a su nietecita.

Aquello iba de mal en peor.

—Vamos al sótano a construir algo —dijo Howie.

Ramona asintió con la cabeza. En el sótano no les molestarían porque Willa Jean le tenía miedo a la caldera.

A salvo por fin, Howie y Ramona decidieron construir un barco con los recortes de madera que había traído el señor Kemp para su hijo. Ya habían fabricado un perro, un gato y una trampa para patos, aunque el padre de Howie había dicho que no conseguirían engañar un pato de verdad. Se pusieron manos a la obra con la sierra y el martillo y acabaron construyendo un barco con dos cubiertas.

Habían aprendido a clavar clavos y ya no se machacaban los dedos. Después, encontraron un taquito de madera, y con la sierra lo dividieron para hacer dos chimeneas.

—Va a ser difícil clavarlas al barco —dijo Howie observándolas detenidamente.

—Podemos usar cinta adhesiva —dijo Ramona, que estaba convencida de que con cinta adhesiva se puede hacer prácticamente de todo.

—Para la madera hace falta algo más fuerte —objetó Howie—. Será mejor que usemos pegamento.

—Si ponemos mucha cinta adhesiva, no se despegará —dijo Ramona, que tenía mucha experiencia en la materia.

Al final, acabó ganando el pegamento, porque Howie tenía razón al decir que un barco debe parecer nuevo. Con mucho cuidado, pusieron pegamento en las puntas de las chimeneas y las colocaron en su sitio. Taparon el bote de pegamento y cada uno de ellos se puso a sujetar una de las chimeneas, apretando mientras esperaban a que se secara el pegamento. No se les había caído ni una gota en el piso. Afortunadamente, el pegamento era de los que tardan poco en secarse.

—Vamos a ver si nuestro barco flota —dijo Howie.

Puso el tapón de la pileta donde lavaban la ropa y abrió el grifo.

—Howie, ¿qué hacen ahí abajo? —preguntó la abuela Kemp desde las escaleras.

—Ver si flota nuestro barco —contestó Howie.

—Bueno, pero tengan cuidado de que no se salga el agua de la pila —dijo la abuela.

—No te preocupes —la tranquilizó Howie.

El barco sí que flotaba. Howie y Ramona jugaron a que había una tempestad en el mar y contemplaron cómo su barco surcaba las olas. Mientras la nave subía y bajaba, Ramona miró por casualidad hacia el estante que había encima de la pileta. Allí descubrió una botella de plástico azul con una etiqueta en la que salía la cara de una señora mayor y risueña. ¡Una botella de azulete!

Ramona sabía muy bien para qué servía, porque su madre lo usaba para blanquear la ropa cuando aún no trabajaba.

—Si cogemos ese bote, podemos teñir el agua de azul como si fuera el mar de verdad— le sugirió a Howie—. No hace falta poner mucho.

A Howie le entusiasmó la idea, pero ¿cómo iban a llegar a un bote que estaba en un estante tan alto? Sin saber muy bien por qué,

Ramona se acordó de las palabras de la señora Rudge sobre la frase *No puedo*. Antes de rendirse, había que intentarlo.

Ramona consiguió encaramarse al borde de la pileta, apoyándose sobre el estómago. Después levantó una rodilla y Howie la empujó hasta que logró ponerse de pie en el borde. Se agarró al estante con una mano para no perder el equilibrio y consiguió coger el bote con la mano que tenía libre. Al estirar el brazo para dar el bote a Howie, el tapón saltó por los aires. A Howie le cayó encima un chorro de azulete y cuando intentó coger el tapón se le escapó el bote de entre las manos, y fue a parar a la pileta, llenando el agua de espirales de un azul intenso muy bonito. Con el susto, Ramona perdió el equilibrio y acabó de pie en la pileta, con el agua azulada hasta las rodillas.

—Pero, Ramona, mira cómo me has

puesto —dijo Howie, mirándose la camisa y los vaqueros llenos de manchas azules.

Era injusto que Howie le echara la culpa. Ella no había tirado el bote a propósito. Además, ¿por qué no estaba bien puesto el tapón? Porque algún mayor no lo había enroscado del todo, por eso. Los niños no son los únicos que hacen las cosas mal. Ramona metió la mano en el agua azulada y quitó el tapón. Mientras la pileta se iba vaciando, Howie y Ramona se miraron uno al otro. Y ahora, ¿qué podían hacer?

En ese momento oyeron la voz de la abuela Kemp desde las escaleras:

—Están muy calladitos. ¿Se puede saber qué hacen?

—Nos ha pasado una . . . desgracia —confesó Howie.

Su abuela bajó las escaleras corriendo.

—¡Dios bendito! —gritó—. ¡Virgen santa!

Willa Jean empezó a dar berridos desde el piso de arriba.

—Tu abuelita no va a dejar que te asustes, cielo —le dijo a su nieta.

Willa Jean se sentó en el primer escalón y empezó a llorar.

La abuela de Howie cogió a Ramona en brazos y la sacó de la pileta. Después, con Howie delante y todo, le quitó las medias, los pantalones y la blusa y lo metió todo en la lavadora. Hizo lo mismo con los calcetines, la camisa y los vaqueros de Howie. Ramona y Howie no sabían hacia dónde mirar, de la vergüenza que les daba estar ahí de pie en paños menores. Hace dos años no les hubiera importado, pero ya estaban en segundo y sabían que la ropa interior no se enseña en público.

La abuela de Howie llenó la pileta de agua y volvió a meter a Ramona dentro. Sin decir una palabra empezó a restregarle los pies con un trozo de jabón amarillo. Al comprobar que a Ramona no se le quitaba el color azul de los pies, la sacó de la pila, y le dio una de las toallas que había en la secadora. Entonces, dedicó su atención a las manos azules de su nieto.

Ramona se secó los pies y preguntó educadamente:

—Y ahora, ¿qué me pongo?

Estaba claro que no podía andar por ahí medio desnuda.

—Ya encontraremos algo —dijo la abuela de Howie, con voz seria, mientras intentaba limpiar los zapatos de Ramona, que se habían quedado de un color marrón verdoso. Los puso en alto para que soltaran el resto del agua y los apoyó en la caldera para que se secaran.

De repente, la abuela de Howie se acordó de Willa Jean.

—¡Dios mío! —exclamó, subiendo las escaleras a toda velocidad.

Ramona y Howie, procurando no mirarse uno al otro, la siguieron. Lo que Ramona vio al llegar arriba hizo que se le saltaran las lágrimas. Ahí estaba Willa Jean, debajo de la mesa del comedor, con unas tijeras, afiladas por cierto, en la mano. Woger se había quedado con una sola pata. ¡Willa Jean le había cortado la otra! Con lo precioso que era. ¿Cómo había sido capaz de hacer una cosa tan horrible? A Ramona le entraron ganas de llorar de la pena que le daba.

—Dale las tijeras a la abuelita —le dijo su abuela suavemente—. No queremos que te lastimes.

—Pero, Willa Jean —dijo Howie con cara

de disgusto—. ¿Cómo has podido hacer una
tontería así?

Willa Jean miró a su hermano como si le
hubiera dicho una grosería.

—Quería ver si Woger tenía huesos —le explicó.

—¿Cómo va a tener huesos con lo blando que es? —dijo Howie. Lo has destrozado.

Willa Jean se quedó mirando el relleno que salía de la herida del oso y empezó a llorar desconsoladamente.

—No te preocupes, cielo —dijo su abuela—. Cuando encuentre algo con qué vestir a Howie y a Ramona, tu abuelita le va a coser la pata a Woger.

Al poco rato, Ramona se encontró vestida de Howie, con una camisa y unos pantalones viejos, y unas playeras medio rotas que le quedaban enormes. Se sentó en una esquina del sofá y Howie en la otra.

Estaba furiosa porque no le hacía ninguna gracia tener que ponerse la ropa vieja de Howie. Howie estaba furioso porque lo de teñir el agua de azul había sido idea de

Ramona. Los dos estaban furiosos porque Willa Jean no les había dejado jugar a las damas. La abuela de los Kemp, que estaba cosiendo la pata de Woger, estaba furiosa con Ramona y con Howie pero, por supuesto, con Willa Jean no. Willa Jean, que se había tumbado debajo de la mesa del cuarto de estar, y se chupaba el dedo gordo tranquilamente, era la única que estaba contenta.

Aquella no era la primera vez que Ramona se metía en un lío en casa de los Kemp. Aún se acordaba del día en que encontraron las tijeras de la abuela de Howie. Ramona estaba cortándole el pelo a su amigo cuando los pillaron. La verdad es que la abuela de Howie se lo había tomado demasiado en serio, porque Howie tenía el pelo tan rizado que casi no se le notaba el corte que le había hecho Ramona.

Empezó a preocuparse, porque si se metía

en más líos, la abuela de los Kemp acabaría diciendo que no quería cuidarla por las tardes. Y entonces su madre no podría seguir trabajando en la consulta del doctor Hobson y tendría que quedarse en casa. Aunque no quería admitirlo, le hubiera encantado que ocurriera precisamente eso. Estaba deseando que apareciera Beezus de una vez. Esperó pacientemente, pero ni rastro de Beezus.

Howie se puso a hojear un catálogo de cosas deportivas, pasando las páginas con sus manos azules. Botas, chaquetas enguatadas con muchos bolsillos, tiendas de campaña plegables. A Howie le gustaba mucho todo eso, pero no se ofreció a enseñárselo a Ramona, aunque sabía que a ella le interesaban las mismas cosas.

Ramona suspiró profundamente. Le dio rabia no haberse llevado su libro de Betsy a casa de los Kemp. Las historias de Betsy le gustaban mucho porque todos la trataban muy bien.

Después de coser las heridas de Woger, la abuela de Howie se puso a preparar la cena. La casa empezó a oler a chuletas de cerdo. La señora Kemp, la madre de Howie, apareció con un montón de paquetes y bolsas de comida.

—Hola, Ramona —dijo—. No sabía que aún estabas aquí.

Al poco rato llegó el señor Kemp.

—Hombre, hola —dijo—. ¿Aún estás aquí?

Ramona no supo qué contestar. Se sentía incómoda en aquella casa. ¿Dónde se habría metido Beezus? ¿Y sus padres? Estaba deseando oír pasos o el motor del auto de los Quimby.

—Tus padres se están retrasando bastante hoy —comentó la madre de Howie, mientras ponía la mesa.

Ramona volvió a quedarse sin saber qué contestar. Los autos ya tenían los faros encendidos. ¿Por qué no venían? ¿Y si sus padres habían tenido un accidente? ¿Quién iba a encargarse de ella? Le daba la sensación de que iba a tener que pasarse toda la vida sentada en aquel sofá con la ropa vieja de Howie.

Empezó a tener hambre. ¡Cómo le gustaría tomar una de esas chuletas de cerdo! Sabía que los Kemp no la iban a invitar a cenar. Con lo cara que estaba la carne, seguro que no había ninguna chuleta de sobra. Se le empezó a hacer la boca agua y tuvo que tragar saliva. Incluso se acordó del sandwich de carne estofada que había despreciado a la hora del almuerzo.

—Ramona, ¿quieres unas galletas con mantequilla de maní? —le preguntó la madre de Howie.

—No, gracias —contestó Ramona, pensando en una deliciosa chuleta frita, con puré de papas y mucha salsa.

Los Kemp se sentaron a cenar, con Willa Jean sentada encima de dos cojines, junto a su abuela, que se puso a cortarle la carne "Y encima, seguro que no se come la chuleta entera", pensó Ramona, sintiéndose como una intrusa. Los Kemp no hablaban mucho mientras comían. Quizá no querían hablar delante de una persona ajena a la familia Sólo se oía el ruido de los cubiertos chocando con los platos mientras cada uno se comía su chuleta de cerdo. Hacía tiempo que Ramona no pasaba tanta vergüenza.

—Willa Jean, cielito, no se come con la boca abierta —le dijo su abuela.

Estaba casi convencida de que sus padres no iban a venir jamás. Por fin, justo en el momento en que Ramona luchaba por contener

las lágrimas, vio el viejo auto de los Quimby
que subía por la rampa del garaje.

—¡Adiós! —gritó Ramona, poniéndose el
abrigo mientras salía corriendo por la puerta.

El señor Quimby iba al volante, la señora
Quimby a su lado y Beezus en el asiento de

atrás. Probablemente venían de recogerla en casa de alguna amiga suya.

—Llegan tarde —les informó Ramona en tono de reproche—. Estoy aburrida de tanto esperar.

—Lo siento —dijo la señora Quimby con voz de cansancio—. He tenido un mal día. Al salir del trabajo fui al taller en autobús para recoger el auto. El autobús se demoró más de la cuenta y cuando llegué al taller no habían terminado de arreglar el auto, y tuve que esperar hasta que estuviera listo. También llegué tarde a buscar a tu padre.

—¡Menudo día! —dijo el señor Quimby—. Encima de tener que acordarme de todos los cambios de precio, me ha tocado trabajar en la caja rápida.

Ramona sabía que a su padre no le gustaba la caja rápida, a la que los clientes no podían llevar más de nueve artículos en la cesta. Muchos de ellos intentaban colarse con diez u once. Todas las personas que estaban en la cola tenían prisa y contaban los productos de los de delante. Había discusiones. Todo esto era muy desagradable y al señor Quimby no le gustaba nada.

"Por favor, por favor, que te acabe gustando tu trabajo", rezó Ramona olvidando sus propios problemas.

La señora Quimby se dio la vuelta para mirar a sus hijas. Por supuesto, se dio cuenta de que Ramona iba vestida con la ropa de Howie.

—Ramona, ¿por qué llevas . . . ? —dijo, como si estuviera demasiado cansada para terminar la pregunta.

—A Howie y a mí se nos cayó algo encima y la abuela de los Kemp nos ha lavado la ropa, pero aún no estaba seca —explicó Ramona. Era mejor que su madre se enterara de lo de los pies azules más adelante—. Todo ha sido por culpa de Willa Jean. No nos ha dejado jugar a las damas y hemos tenido que irnos al sótano para que no nos diera la lata.

—Eso me suena conocido —dijo Beezus—. Aún me acuerdo cuando tú dabas golpes en la mesa con el triciclo mientras yo jugaba a las damas con una amiga.

—¡Mentira! —dijo Ramona indignada.

—De mentira, nada —dijo Beezus—. Lo que pasa es que no te acuerdas.

—¡Niñas! —dijo la señora Quimby—. Qué importancia tiene algo que pasó ya hace tiempo.

Los faros del auto iluminaban las gotas de lluvia, los limpiaparabrisas hacían *plip-plop* y la familia iba en silencio. Ramona, acurru-

cada en el asiento de atrás, pensaba en si sería
verdad que ella de pequeña había sido tan
pesada como Willa Jean. Lo que estaba claro
era que a ella no la quería nadie . . . bueno,
su padre la quería un poquito, a veces. Si su
madre la quisiera de verdad, hubiera dicho a
Beezus que Ramona nunca se había parecido
absolutamente nada a Willa Jean.

Encima de que nadie la quería, tenía tanta
hambre que le sonaban las tripas. Mientras
el señor Quimby subía el auto por la rampa
del garaje, empezó a pensar en la carne guisada que llevaba todo el día cociendo en la
olla. ¡Lo bien que iba a oler cuando abrieran
la puerta! Siempre que su madre hacía la
comida en la olla eléctrica, olía fenomenal
cuando llegaban a casa, como si su madre se
hubiera pasado todo el día cocinando para
recibirles con una buena cena. Ramona es-

taba segura de que en cuanto olieran la carne guisada se solucionarían todos los problemas. Su madre se olvidaría de lo del auto, su padre haría las bromas de siempre, ella y Beezus pondrían la mesa y se sentarían todos en familia a disfrutar de una magnífica cena.

LA PELEA

Nada más entrar en casa, por la puerta de la cocina, Ramona se dio cuenta de que algo estaba mal. Hacía bastante frío y olía a cerrado. No olía a carne guisada. La luz diminuta de la olla no se veía, y la olla estaba fría.

—¡Pero bueno! —dijo la señora Quimby al darse cuenta.

—¿Qué ocurre? —preguntó el señor Quim-

by desde el pasillo, donde había ido para subir el termostato de la caldera.

—¿Que qué ocurre? —dijo la señora Quimby, mientras levantaba la tapa de la olla—. Pues que se nos ha olvidado enchufar la olla al salir esta mañana. Ni más, ni menos.

Todos se reunieron en torno a la olla y se quedaron mirando la verdura fría y la carne cruda.

—¡Me muero de hambre! —se quejó Beezus.

—Y yo —dijo Ramona.

—Creía que la habías encendido tú —dijo la señora Quimby a su marido mientras enchufaba la olla.

Si la dejaban conectada toda la noche, el guiso estaría listo a la mañana siguiente.

—A mí no me mires —dijo el señor Quimby a su mujer—. Yo creía que la habías conectado tú —añadió con cierta dureza.

Por algún motivo, a la señora Quimby no le sentó nada bien aquella frase.

—Claro, porque piensas que enchufar una olla es cosa de mujeres —dijo con la misma dureza que él.

—Pues la verdad es que no —dijo el señor Quimby—. Pero ahora que lo dices . . .

—Todavía me acuerdo de cuando se te olvidó pinchar las papas aquellas que estallaron dentro del horno —le refrescó la memoria su mujer.

Ramona, que se acordaba muy bien de aquello, hizo un esfuerzo para no soltar una carcajada. Había que ver la cara de sorpresa que había puesto su padre la noche en que explotaron las papas . . . *¡pluf!* . . . cuando abrió la puerta del horno.

Pero el señor Quimby no tenía la más mínima intención de ponerse a discutir sobre unas papas asadas del año del catapún.

—¿Por qué no lo echas todo en una sartén y ya está? —preguntó.

Para el señor Quimby cocinar consistía en meter unas cuantas cosas en una sartén y removerlas. A veces inventaba unos platos bastante interesantes a base de carne picada, huevos, calabacines y queso. Otras veces, le salía mal, pero le decían que estaba buenísimo para que no se ofendiera.

—Porque la carne para guisar no se puede freír —dijo la señora Quimby en tono furioso, mientras miraba en la despensa y en la nevera—. Es demasiado dura y lo sabes perfectamente. ¿Hiciste alguna compra hoy?

—Pues, no . . . Como me habías dicho que íbamos a cenar carne guisada . . . —contestó el señor Quimby, bastante molesto—. Además, se te olvidó hacer la lista.

Tiquismiquis, el gato, se restregó contra las

piernas de la señora Quimby para que viera el hambre que tenía.

—Largo —dijo la señora Quimby.

Tiquismiquis se acercó a Beezus. A Ramona no la quería mucho. Nunca le había hecho caso porque era demasiado ruidosa.

—Estoy a punto de caerme redonda del hambre que tengo —dijo Beezus, cogiendo el gato y acercándoselo a la mejilla.

—Y yo —dijo Ramona.

—Ustedes dos, en vez de quejarse tanto, podrían colaborar un poco —dijo la señora Quimby a sus hijas—. Hay un par de huevos, que no bastan para hacer una tortilla, dos tiras de tocino, tres zanahorias y una lechuga bastante pasada. Y nada más —añadió mirando a su marido—. Conviene hacer la compra antes de que la despensa se quede completamente vacía.

De repente, Ramona se acordó de un refrán.

—Al buen hambre, no hay pan duro —dijo para animarlos, pero se dio cuenta de que no la hacían ni caso.

—Cuando veas que se está quedando vacía la despensa, me haces una lista y ya está— dijo el señor Quimby—. Es sencillísimo.

—Yo puedo hacer una ensalada de zanahorias —sugirió Beezus, como si se pudiera suavizar la situación a base de zanahorias.

—Podemos hacer panqueques —dijo el señor Quimby—, con media tira de tocino para cada uno.

—Eso no alimenta mucho —dijo la señora Quimby—, pero es mejor que morirse de hambre.

Sacó un cuenco para hacer la masa y Beezus, que había soltado a *Tiquismiquis* y se ha-

bía lavado las manos, se puso a rallar las
zanahorias sobre un pedazo de papel. Ramona se apoyó en la mesa de la cocina, y se
puso a mirar. Quería asegurarse de que su
hermana no se iba a rallar los dedos.

—Ramona, no te quedes ahí tan tranquila—
dijo el señor Quimby, mientras echaba el tocino en la sartén—. Pon la mesa, anda. Como
diría mi abuela: "Todos tenemos que poner
nuestro granito de arena".

Ramona hizo una mueca y se dispuso a
poner la mesa.

—Papá, ¿es verdad que tu abuela decía todas esas cosas?

—Espero que no, porque debía ser un rollo
espantoso —dijo la señora Quimby, removiendo la masa como si estuviera enojada con
ella.

El señor Quimby puso cara de ofendido y
dijo:

—Tú no conociste a mi abuela.

—Pues si no hacía más que soltar sermones, tampoco me he perdido gran cosa—dijo la señora Quimby, que estaba de rodillas en el suelo, sacando la plancha del armario.

Ramona dejó de poner los cubiertos para asegurarse de que las zanahorias no estaban mezcladas con sangre. Notó que se le contraían los músculos del estómago, como le ocurría siempre que su madre se enojaba con su padre.

—Mi abuela era una gran mujer —dijo el señor Quimby—. Vivía en el campo y tuvo que pasar por muchas dificultades, pero era muy buena con nosotros y nos enseñó muchas cosas.

—Pues mi abuela tampoco se quedaba atrás —replicó la señora Quimby, armando mucho barullo al sacar la plancha del armario bruscamente—. Y me enseñó muchas cosas.

Ramona y Beezus se miraron con cara de preocupación.

—Ah, ¿sí? —dijo el señor Quimby—. Pues me extraña bastante, porque lo único que hacía era chismorrear y jugar al *bridge*.

Ramona y Beezus volvieron a mirarse. ¿Peleaban sus padres? ¿Era una discusión seria? Al mirarse se dieron cuenta de que las dos pensaban lo mismo. Era para preocuparse.

La señora Quimby soltó la plancha encima de la cocina como si quisiera hacer mucho ruido. Era evidente que pensaba en su abuela. Al cabo de un rato, dijo:

—Mi abuela me enseñó a cortar las flores con el tallo largo y a colocarlas en un jarrón entremezcladas con ramas.

—Muy práctico —dijo el señor Quimby.

A la señora Quimby no le sentó muy bien el tono irónico de su marido, porque a continuación dijo:

—Aunque mi abuela no tuviera mucho dinero, sabía apreciar las cosas bellas.

La gota de agua que había echado en la plancha tardaba mucho en empezar a chisporrotear.

—La mía, aunque estuviera muy justa de dinero, siempre se las arreglaba para comprarme papel de dibujo —dijo el señor Quimby.

"Justa de dinero", pensó Ramona. Era la primera vez que oía esa expresión, pero iba a procurar recordarla. El olor del tocino la tranquilizó considerablemente. También le hizo recordar el hambre que tenía.

—Pues la mía también me enseñó cosas prácticas —dijo la señora Quimby, que había tenido tiempo de pensar—. Me enseñó a poner un poco de saliva en las medias cuando se hace una carrera.

Echó otra gota de agua en la plancha. Ésta

sí chisporroteó. La plancha ya estaba caliente.

—¡Vaya una abuela! —dijo el señor Quimby—. Mira que escupir en las medias.

—¡Acaben ya! —exclamó Beezus—. Menuda tontería.

—Jovencita —dijo el señor Quimby—, tú no tienes nada que ver en esto.

—Es que están diciendo muchas tonterías —murmuró Beezus, mirando a su padre con cara de furia.

La señora Quimby echó cuatro redondeles de masa encima de la plancha. Ramona rezó para que la discusión se acabara.

Beezus puso mayonesa a las zanahorias que Ramona había inspeccionado y las repartió echándolas encima de la lechuga mustia que había colocado en cada plato. El señor Quimby dio la vuelta al tocino y la señora Quimby hizo lo mismo con los pan-

queques. A Ramona se le empezaron a re-
lajar los músculos del estómago mientras
esperaba a que su madre echara los panqueques en una fuente para poder hacer
otros cuatro. Ya no podía más del hambre
que tenía.

—¿No están un poco crudos? —preguntó
el señor Quimby, al ver a su mujer sacar uno
con la espumadera—. Los has dejado muy
poco tiempo.

—He esperado a que se inflaran por el centro —dijo la señora Quimby—. Yo creo que
ya están.

El señor Quimby le quitó la espumadera,
la empuñó como si fuera una espada y cortó
los panqueques por la mitad. Ramona y Beezus se miraron sorprendidas. ¡Su padre acababa de destrozar los panqueques que había
hecho su madre! Se había pasado. Con cara
de susto vieron cómo salía masa líquida por

los cortes que había hecho su padre. Era verdad, estaban crudos por dentro. ¿Cómo reaccionaría su madre?

La señora Quimby estaba indignada. Le quitó la espumadera y la usó para tirar los cuatro panqueques a la basura.

—No hacía falta tirarlos —dijo el señor Quimby con cara divertida. —Estaba claro que había ganado él—. Bastaba con darles la vuelta para que terminaran de hacerse.

—Tu abuela seguro que hacía unos panqueques maravillosos, ¿no? —dijo la señora Quimby con una voz en la que se notaba una furia contenida.

El señor Quimby estaba muy tranquilo y tenía aspecto de estarlo pasando realmente bien.

—Pues la verdad es que le salían riquísimos —dijo—. Doraditos y bien hechos, con los bordes crujientes.

—Los mejores panqueques del mundo—dijo la señora Quimby, con tono cortante.

"Mamá, sé amable. Por favor, anda, por favor", rezó Ramona en silencio.

—Sí, sí —continuó el señor Quimby—. Se me hace la boca agua sólo de pensarlo.

"Cállate, papá —rezó Ramona—. Esto va de mal en peor".

—Conque sí, ¿eh? —dijo la señora Quimby, al tiempo que le daba con la espumadera al señor Quimby en el trasero. Después soltó la espumadera y exclamó—: ¡Pues hazlos tú, ya que aprendiste tanto de esa abuela tuya!

Ramona y Beezus no daban crédito a lo que acababan de ver. Su madre le había pegado a su padre con la espumadera. A Ramona le entraron ganas de abalanzarse sobre su madre, y gritarle: "¡Le has pegado a papá!", pero no se atrevió.

El señor Quimby se puso un paño de cocina encima de los pantalones como si fuera un delantal y echó más masa en la plancha, todo ello con gran tranquilidad, mientras su mujer se fue al salón dando zancadas. La señora Quimby se sentó en una butaca y cogió el periódico. Para colmo de males, el señor Quimby se puso a silbar alegremente mientras daba la vuelta a los panqueques y escurría el tocino como si no hubiera hecho otra cosa en su vida.

—A cenar —anunció al poco tiempo, colocando encima de la mesa la fuente de panqueques con tocino y quitándose el paño de cocina que le había servido de delantal. La señora Quimby se unió a ellos en silencio.

Aunque su madre cocinaba mucho mejor que su padre, había que reconocer que al señor Quimby se le daba muy bien lo de hacer panqueques. Lo malo era que a Ramona se le había quitado el hambre y tenía un nudo en el estómago. No sabía si echarse a llorar o salir corriendo a la calle para gritarle a todo el mundo "¡Mis padres se han peleado!"

—Pásame la mantequilla, por favor —dijo la señora Quimby, como si estuviera rodeada de desconocidos.

—¿Me pasas el almíbar, por favor? —pidió el señor Quimby muy finamente.

—En el colegio me ocurrió una cosa muy graciosa —dijo Beezus.

Ramona se dio cuenta de que su hermana intentaba sacar un tema de conversación para que sus padres se olvidaran de la discusión, incluso para intentar hacerles reír.

—¿Qué te ocurrió? —le preguntó el señor Quimby tras un silencio.

—Tuvimos un examen de ortografía y ¿a que no saben cómo ha escrito "ley" un niño de mi clase? —dijo Beezus.

—¿Cómo? —preguntó Ramona, intentando animar la conversación.

El señor Quimby se sirvió dos panqueques más.

—L-i-g-h-t —dijo Beezus, mirando a sus padres para ver si les hacía gracia.

Los dos sonrieron débilmente. Ramona, en cambio, no sonrió.

—Pues yo he visto esa palabra en la tele muchas veces —dijo Ramona.

—Tontina —dijo Beezus cariñosamente—. Son dos palabras distintas. Una está en español y la otra en inglés. *Light* se usa para las bebidas sin azúcar.

—Ah —dijo Ramona, encantada de haberlo entendido a la primera.

Volvieron a quedarse en silencio mientras Ramona pensaba en lo de la ortografía. Le parecía dificilísimo escribir bien todas las palabras, porque hay letras que no se pronun-

cian, letras distintas que se pronuncian igual
. . . y encima, en la tele salen muchísimas palabras en inglés. Menos mal que tenía una
hermana mayor para explicarle estas cosas.

Parecía que la situación se había calmado.
Su padre se había quedado medio dormido
delante de la tele y su madre se había ido a
la cama a leer después de ducharse. Beezus
estaba en su cuarto haciendo las tareas.
Ramona trató de dibujar un monstruo co-
miéndose a muchísima gente, pero no conseguía que el dibujo le saliera como se lo
había imaginado. Parecía un monstruo co-
miéndose unos cuantos muñecos de papel,
en vez de personas de carne y hueso. En la
casa había un silencio extraño. Sólo se oía el
ruido de fondo de la televisión. Las niñas se
fueron a dormir sin que sus padres tuvieran
que decírselo.

Ramona se puso a pensar en cosas tristes y

no conseguía dormirse. ¿Y si sus padres habían dejado de quererse? ¿Y si se divorciaban como los padres de su amigo Davy? ¿Qué sería de ella? ¿Quién iba a encargarse de cuidarla? Beezus era bastante mayor, pero ella se sentía muy pequeña de repente. Quería llorar, pero no le salían las lágrimas. Estaba demasiado tensa. Tenía las pestañas húmedas, pero no notaba la sensación de alivio que se siente al llorar.

Tenía tanto miedo y estaba tan sola que no sabía qué hacer. Se levantó y entró de puntillas en el cuarto de su hermana.

—¿Ramona? —dijo Beezus, que también estaba despierta.

—No me puedo dormir —susurró Ramona.

—Yo tampoco —dijo Beezus—. Anda, métete en la cama conmigo.

Eso era justo lo que Ramona quería. Levantó la sábana y se deslizó dentro de la cama apretujándose contra su hermana con agradecimiento.

—¿Se van a divorciar? —susurró—. Ni siquiera se hablan.

—Claro que no —dijo Beezus—. No creo.

—Si se divorcian, ¿qué va a pasar conmigo? —preguntó Ramona sintiendo una gran necesidad de que alguien le contestara aquella pregunta—. Yo aún soy bastante pequeña.

Beezus, por supuesto, era el ojito derecho de mamá, pero, ¿qué pasaría con Ramona?

Su hermana intentaba dar con una respuesta convincente.

—Si se divorcian, yo trataré de cuidarte lo mejor que pueda —dijo finalmente.

—Tú no eres mayor del todo —dijo Ramona, más tranquila a pesar de todo. Por lo menos había descubierto que Beezus la quería un poco.

—Ya lo sé —admitió su hermana—. He leído un libro en el que sale una niña que tiene que cuidar a sus hermanos y hermanas a la fuerza, porque se les muere el padre. Pero es en las montañas, en un sitio en el que pueden comer cosas del bosque y eso. En una ciudad no es lo mismo.

—Pero papá y mamá no se van a morir —dijo Ramona bastante aliviada.

Beezus no dijo nada.

—Puede que no haya sido tan en serio —dijo de repente.

—Pero mamá le ha dado a papá en el trasero con la espumadera —le recordó Ramona.

—No es lo mismo que pegarle con algo duro, digo yo —le explicó Beezus—. Además, no le ha hecho daño.

Ramona intentó ver el lado bueno.

—Y él no le ha pegado a ella —dijo—. Pero si nos quisieran de verdad, no se pelearían.

Se puso a rezar en silencio, terminando con la frase: "Por favor, que no se peleen más".

Desde la cocina llegó el olor de la carne guisada que iba a estar cociendo toda la noche y que iban a cenar al día siguiente. Tranquilizándose con el olor a comida casera, las hermanas se quedaron dormidas.

Por la mañana, en cuanto se despertó y se dio cuenta de que estaba en la cama de su hermana, Ramona recordó la tristeza y la angustia de la noche anterior. Sus padres se habían peleado. No le apetecía nada tener que desayunar con ellos. No sabía qué decirles. Beezus tampoco parecía muy contenta. Tardaron en vestirse mucho más que otros días y cuando por fin entraron en la cocina, sus padres estaban leyendo el periódico los dos juntos, mientras desayunaban. Menuda sorpresa.

—Buenos días, niñas —dijo el señor Quimby con su buen humor de siempre.

—Ahí tienen cereal con leche —dijo la señora Quimby sonriendo cariñosamente—. ¿Durmieron bien?

Beezus estaba furiosa.

—¡No! ¡No hemos dormido bien! —estalló.

—Hemos dormido muy mal —dijo Ramona al ver lo furiosa que estaba su hermana.

¿Cómo iban a dormir bien con lo preocupadas que estaban?

Sorprendidos, sus padres dejaron a un lado el periódico.

—Y la culpa la tienen ustedes —les informó Beezus.

—Se puede saber a cuento de qué viene tanto grito —preguntó la señora Quimby.

Beezus estaba a punto de echarse a llorar.

—Pues ustedes tampoco se quedaron cortos anoche —dijo.

—Ni siquiera se hablaban. ¡Y tú le pegaste a papá! —exclamó Ramona, parpadeando para que no se le saltaran las lágrimas.

—Sí que nos hablábamos —se defendió su madre—. ¿Por qué dices que no? Lo único que nos pasaba es que estábamos cansados. Habíamos tenido un mal día.

"Igual que yo", pensó Ramona.

—Me fui a la cama a leer —continuó la señora Quimby—. Y papá se quedó viendo la tele. Tampoco es para tanto.

Ramona se puso tan contenta que le entró una especie de flojera en las piernas. Pero a la vez estaba furiosa con sus padres por haber sido capaces de preocuparlas tanto.

—Se supone que los mayores nunca se pelean —les informó.

—Vaya por Dios —dijo la señora Quimby—. ¿Por qué no?

Ramona dijo muy seriamente:

—Se supone que los mayores son perfectos.

Sus padres soltaron una carcajada.

—Pues es verdad —dijo Ramona, indignándose aún más al ver cómo se reían.

—Dame un ejemplo de una persona mayor que sea perfecta —dijo el señor Quimby, retándola—. Ya verás como es imposible.

—¿No se habían dado cuenta de que los mayores no somos perfectos? —preguntó la señora Quimby—. Y menos aún cuando estamos cansados.

—Entonces, ¿por qué quieren que los niños seamos perfectos siempre? —quiso saber Ramona.

—Ésa es una buena pregunta —dijo el señor Quimby—. A ver si se me ocurre una buena respuesta.

—Queremos que sean perfectas para que de mayores no se pasen el día entero hablando de abuelas y de panqueques —dijo la señora Quimby.

Al señor Quimby pareció hacerle bastante gracia la contestación de su mujer.

Ramona se sentía como *Tiquismiquis* cuando le acariciaban el pelo en sentido contrario. Puede que los mayores no fueran perfectos, pero debieran serlo, sobre todo sus padres. Debieran estar siempre alegres, tener mucha paciencia, ser cariñosos y nunca estar enfermos o cansados. Ah, y ser simpáticos también.

—Ustedes dos discuten bastante a menudo —dijo el señor Quimby—. Nosotros también tenemos derecho.

—Es indigno —dijo Beezus, proporcionando a Ramona una palabra nueva para su lista de vocabulario—. Y pegar a la gente con una espumadera es horrible.

—Bueno, niñas, no se pongan así —dijo la señora Quimby, entre divertida y cariñosa.

—¿Por qué van a ser las únicas que puedan divertirse? —preguntó el señor Quimby.

—No nos peleamos para divertirnos —informó Ramona a su padre.

—Pues me había parecido que sí —dijo el señor Quimby.

Ramona hizo un esfuerzo para no sonreír.

—No vuelvan a hacerlo nunca más —ordenó a sus padres en el tono más serio que pudo.

—¡A la orden! —contestó la señora Quimby, haciéndose la blanda.

—¡A la orden! —dijo su padre, cuadrándose como si Ramona fuera alguien muy importante.

La gran discusión sobre el pelo

—Ramona, ponte recta y no te muevas —dijo la señora Quimby un sábado por la mañana—. No puedo cortarte bien el flequillo si no paras de dar saltitos.

—Bueeeno —dijo Ramona.

Los mechones de pelo cortado que se le metían por la nariz le hacían cosquillas. Resopló hacia arriba para intentar remediarlo, pero sólo consiguió que se le levantara el flequillo como una visera.

—No hagas eso —dijo la señora Quimby, mientras le peinaba el flequillo.

Ramona consiguió quedarse quieta, soportando las ganas de estornudar y moviendo la nariz para quitarse de encima los mechones de pelo recién cortado, hasta que su madre dijo:

—Ya está, conejita, ya hemos terminado.

Le quitó la toalla de los hombros y la sacudió en el cubo de basura de la cocina. A Ramona le gustaba mucho que su madre la llamara conejita, así que siguió moviendo la nariz y pensando en las conejitas y los osos que salían en aquellos cuentos que le leía su madre antes de darle el beso de buenas noches. Echaba de menos aquella época porque eran cuentos que la hacían sentirse protegida. Durante el día prefería leer histo-

rias de excavadoras . . . cuanto más ruidosas,
mejor. Pero, por la noche no hay nada como
un buen cuento de osos y conejitas.

—¡La siguiente! —dijo la señora Quimby
a su hija mayor, que acababa de lavarse el
pelo.

Últimamente Beezus pasaba mucho tiempo encerrada en el cuarto de baño con un bote de champú.

—Beezus, no me hagas esperar —dijo la señora Quimby—. Aún tengo muchas cosas que hacer esta mañana.

Se había estropeado la lavadora, pero como todos estaban fuera durante el día, no servía de nada llamar al servicio técnico porque no iba a haber nadie en casa para abrir la puerta. Por eso, la señora Quimby tenía que ir a la lavandería con tres bolsas de ropa sucia. Resulta que el servicio técnico no trabaja los sábados.

—Te estoy esperando —repitió la señora Quimby.

Beezus se quedó en la puerta frotándose el pelo con la toalla.

—Mamá, no quiero que me cortes el pelo— anunció.

Ramona, que estaba a punto de marcharse de la cocina, decidió quedarse. Aquello tenía toda la pinta de acabar en una discusión de lo más interesante.

—Pero Beezus, lo tienes demasiado largo —protestó su madre—. Tienes un aspecto un poco desaliñado.

—No me importa —dijo Beezus—. Me gusta como lo tengo.

—Estarías mucho más bonita con el pelo bien cortado —dijo la señora Quimby procurando no perder la paciencia—. Y además, la manera de ser es más importante que el aspecto físico.

—Qué anticuada eres —dijo Beezus.

La señora Quimby puso cara de estar enojada y sorprendida a la vez.

—No me digas —contestó.

A Beezus no le hizo ninguna gracia que a su madre le pareciera divertido lo que había dicho.

—Pues es verdad —exclamó.

—Bueno, pues seré una anticuada —dijo
su madre como si no estuviera en absoluto de
acuerdo—. Pero eso es lo de menos. No
puedes ir por ahí con ese pelo tan largo y des-
cuidado.

—Qué exagerada. Ni que fuera un perro
lanudo —dijo Beezus.

La señora Quimby prefirió no contestar
y Ramona, fascinada, se quedó esperando
a ver qué sucedía. En el fondo estaba
encantada, aunque sabía que no debería
estarlo. Pero por otra parte, le preocupaba
que estuvieran discutiendo. Le gustaba
que los miembros de su familia se llevaran
bien.

—Yo quiero ir a una peluquería como
todas mis amigas —dijo Beezus.

—Ya sabes que ahora no andamos muy

bien de dinero —dijo la señora Quimby—. Y tú tienes un pelo muy manejable.

—Creo que soy la única de mi clase a la que le cortan el pelo en casa —insistió Beezus, como si no hubiera oído el discurso de su madre.

—Ahora, la que está exagerando eres tú— dijo su madre con voz de cansancio.

A Ramona no le gustaba ver a su madre con aspecto de cansada y decidió echarle una mano.

—Karen, que está en mi clase, me ha dicho que su madre le corta el pelo, y a su hermana también, y su hermana está en tu clase. Beezus miró a su hermana con cara de furia.

—¡Tú no te metas!

—Vamos a procurar tranquilizarnos —dijo la señora Quimby.

—Si yo estoy muy tranquila —dijo Beezus—. Lo único que pasa es que no quiero que me cortes el pelo, y ya está.

—Debieras ser más sensata —dijo su madre. Beezus hizo una mueca y dijo:

—Llevo toda la vida siendo Beezus la sensata y ya estoy harta. Ramona siempre se sale con la suya, pero yo siempre tengo que ser Beezus la sensata.

—Mentira —dijo Ramona indignada—. Yo nunca me salgo con la mía.

La señora Quimby se quedó callada un momento y luego dijo:

—Pues yo también estoy harta de ser sensata.

Las hermanas se quedaron muy sorprendidas, sobre todo Ramona. Se supone que las madres tienen que ser sensatas siempre. Para eso están.

La señora Quimby añadió:

—De vez en cuando me entran ganas de hacer cosas que no son nada sensatas.

—¿Qué cosas? —preguntó Beezus.

—Pues . . . no sé —dijo la señora Quimby, mirando el fregadero lleno de platos y la lluvia repiqueteando en las ventanas—. Sentarme en un almohadón, al sol, por ejemplo, coger dientes de león y soplarlos para quitarles la pelusa.

A Beezus le costaba trabajo creer lo que acababa de oír.

—Pues en esta época no vas a encontrar ni uno —le indicó a su madre.

Ramona se sintió más unida a su madre de repente, pero le entró un poco de timidez.

—A mí también me gustaría sentarme en un almohadón y soplar la pelusa de los dientes de león —confesó Ramona.

Qué divertido sería sentarse las dos al sol, coger flores y llenarlo todo de pelusa amarilla.

Se acercó a su madre, que le puso el brazo alrededor de los hombros y le dio un apretón cariñoso. Ramona movió la nariz como una conejita.

—Mamá —dijo Beezus—, te has pasado toda la vida diciéndonos que no hay que soplar los dientes de león porque se desperdigan las semillas por el jardín y se estropea la hierba.

—Es verdad —admitió su madre—. Cuando quiero, soy muy sensata.

Beezus no supo qué decir.

—Qué bonito tienes el pelo, mamá —dijo Ramona.

Y era verdad. Su madre tenía el pelo corto y liso, con la raya a un lado. Normalmente solía llevar un mechón metido detrás de la oreja izquierda. Siempre olía bien. Tenía el pelo justo como lo debe tener una madre.

—Me gusta como te queda —continuó—

y no me importa que me lo cortes a mí—para
no mentir, añadió—: Menos cuando me haces cosquillas en la nariz.

—Pues qué suerte tienes, pedazo de tonta
—dijo Beezus indignada.

Se dio la vuelta y salió de la cocina. Luego,
oyeron un portazo.

A Ramona le había sentado muy mal el
comentario de su hermana.

—No soy tonta, ¿verdad? —preguntó a su
madre.

—Claro que no —dijo su madre—. Mis
hijas pueden tener algún que otro defecto,
pero no son tontas.

Ramona movió la nariz como una conejita.
Después de aquello, ni la señora Quimby
ni Beezus volvieron a sacar el tema del pelo.
Beezus lo tenía cada vez más largo y Ramona
decidió que aún no parecía un perro lanudo,
pero desde luego le faltaba poco. También se

dio cuenta de que por muchas ganas que tuviera su madre de decirle algo a Beezus, había decidido no abrir la boca.

Beezus, por su parte, parecía tener una actitud desafiante. Cuando estaban cenando siempre ponía cara de "Nadie me corta el pelo si yo no quiero".

Ramona descubrió que aunque al principio se había alegrado de que su madre se enojara con su hermana, ya no le hacía ninguna gracia. No merecía la pena que toda la familia estuviera de mal humor por una tontería semejante.

—Mujeres —murmuraba el señor Quimby todas las noches a la hora de cenar.

Otras veces, como si estuviera muy preocupado con la cuestión del pelo, decía que se estaba quedando un poco calvo por arriba y que quizá le convenía darse unos masajes en el cuero cabelludo.

En general, la conversación era bastante tensa. Beezus hablaba con su madre lo menos posible. La señora Quimby intentaba actuar como si no hubiera pasado nada y decía, por ejemplo:

—Beezus, cuando veas que se está acabando el champú, acuérdate de apuntarlo en la lista de la compra. Los demás también nos lavamos la cabeza.

—Sí, mamá —decía Beezus.

A Ramona le entraban ganas de gritar: "¡Ya basta!" No hacía más que pensar en temas interesantes de los que pudieran hablar a la hora de cenar para ver si conseguía que se olvidaran del pelo.

Una noche, intentando distraerles, Ramona les contó que su maestra les había dicho que no se asustaran al ver palabras largas porque muchas de ellas contienen una palabra corta o más de una: un "lavaplatos" es una máquina que lava los platos y una "tortita" es una torta pequeña.

—Y además, una misma palabra puede tener varios significados —dijo la señora Quimby—. Una tortita puede ser un alimento hecho a base de masa frita o puede ser un cachete, que de vez en cuando les viene muy bien a las niñas mimadas.

—Ya lo sé —dijo Ramona—. Un buen cachete en el moflete.

Sus padres soltaron una carcajada y Ramona se quedó encantada, pero, de repente, se dio cuenta de que su hermana no debía estar escuchando porque no le había hecho ninguna gracia.

Beezus suspiró profundamente.

—Mamá —dijo como si supiera que a la señora Quimby no le iba a gustar mucho lo que iba a decir—. Hay muchas niñas del colegio que se cortan el pelo en una escuela de peluquería que se llama Robert —dijo hablando atropelladamente—. Los que cortan el pelo son alumnos que están aprendiendo, pero hay una profesora que vigila para que lo hagan bien. Por eso es más barato que una peluquería normal. He estado ahorrando de mi paga semanal y hay una señora que se llama Dawna que es muy buena. Sabe cortar el pelo igual que el de la chica esa que sale en la tele patinando sobre hielo. ¿Sabes cuál te digo? La del pelo que parece que flota mientras da vueltas y luego le queda perfecto cuando para. Anda, por favor, déjame ir.

Después de acabar el discurso se echó hacia atrás con un gesto entre suplicante y tenso.

La señora Quimby, que había puesto cara de preocupación cuando Beezus comenzó a hablar, se relajó.

—De acuerdo —dijo—. ¿Dónde está esa escuela de peluquería?

—En la galería que acaban de abrir —explicó Beezus—. Lo malo es que está en la otra punta de la ciudad, pero hago lo que sea si me dejas ir. Anda, por favor.

Ramona no se tomó muy en serio la promesa de su hermana. A la señora Quimby, sabiendo que la armonía familiar dependía de ello, no le quedó más remedio que rendirse.

—Bueno —dijo con resignación—. Pero tendré que llevarte en auto. Vamos a esperar al sábado y nos pondremos en manos de Dawna después de llevar a tu padre al trabajo.

—¡Gracias, mamá! —exclamó Beezus.

Era la primera vez que se ponía contenta desde que había empezado la gran discusión sobre el pelo. Ramona también se puso de buen humor, aunque sabía que no se iba a librar de tener que ir con ellas a la escuela esa. Aún así, decidió que estaba dispuesta a aburrirse durante una mañana entera con tal de que todo se tranquilizara.

Por fin llegó el día señalado, un sábado frío y lluvioso. Ramona estaba empezando a desesperarse porque los días estaban tan malos que llevaba muchísimo tiempo sin poder patinar sobre ruedas. Los Quimby desayunaron rápidamente, dejaron los cacharros sin fregar, se metieron en el auto y salieron con los limpiaparabrisas a todo dar para dejar al señor Quimby en el supermercado *Shop-Rite*. Ramona, pensando en la mañana aburrida que tenía por delante, se dio cuenta de que Beezus estaba nerviosa al ver cómo apretaba con fuerza el monedero tejido donde llevaba sus ahorros.

Cuando el señor Quimby se bajó en el supermercado, Beezus se sentó delante con su madre. "Siempre le toca a ella", pensó Ramona.

La señora Quimby cogió el carril de la derecha para entrar en la autopista que divide la ciudad en dos.

—Beezus, fíjate bien en los carteles, que yo tengo que ir pendiente de la carretera —le indicó su madre.

"Yo también sé leer, si las palabras no son muy largas", pensó Ramona.

La señora Quimby miró hacia atrás a la espera de que no pasaran autos para poder entrar en la autopista. Por fin, vio un hueco y logró incorporarse a los que circulaban por la autopista. En seguida cruzaron el río, que se veía frío y gris a través de los barrotes del puente. De trecho en trecho aparecía un cartel verde.

—¿Me meto por aquí? —preguntó la señora Quimby, que no sabía muy bien dónde estaba la galería.

—Sí, por allí —dijo Beezus.

Su madre cogió el carril de la derecha para salir de la autopista.

—Mamá —gritó Beezus desesperada—. Era la siguiente.

—¿No me habías dicho que era ésta? —

preguntó la señora Quimby ligeramente enojada.

—Te he señalado la siguiente —dijo Beezus—. Será que no me has visto.

—Claro que no, porque voy conduciendo—
dijo la señora Quimby—. Y ahora, ¿qué ha-
cemos para volver a coger la autopista?

Se metió en un laberinto de calles estre-
chas buscando alguna señal que las condujera
hacia la autopista. Acabó preguntando a un
señor que trabajaba en una gasolinera. El
hombre le indicó con cara de pocos amigos
porque le daba rabia estarse mojando mientras hablaba con ella.

Ramona suspiró. Todo le parecía gris y
todo el mundo estaba de mal humor. Además, era completamente injusto tener que
meterse un paseo tonto sólo porque a Beezus
se le hubiera antojado que una tal Dawna le
cortara el pelo. Su madre no se hubiera to-

mado tantas molestias con el pelo de Ramona. Mientras pensaba en todo esto, acurrucada en el asiento de atrás, empezó a marearse. Sus padres le habían comprado el auto a alguien que tenía un perro enorme y de repente, empezó a oler a perro intensamente.

—Aaay —dijo Ramona con ganas de vomitar.

Se acordó de la avena con leche del desayuno e intentó no pensar en ello.

La señora Quimby echó un vistazo al espejo retrovisor.

—Ramona, ¿estás bien? —preguntó con voz intranquila.

Ramona no contestó. Le daba miedo abrir la boca.

—Creo que va a devolver —dijo Beezus.

Desde que estaba en séptimo, Beezus decía "devolver" en vez de "vomitar". Le parecía más fino.

—Aguanta un poco, Ramona —dijo la señora Quimby—. No puedo parar en la autopista y no hay ninguna salida a la vista.

—¡Mamá! —gritó Beezus—. ¡Se está poniendo verde como una aceituna!

—¡Ramona, abre la ventana y aguanta un poco! —ordenó la señora Quimby.

Ramona se encontraba tan mal que no podía moverse. Menos mal que Beezus se había dado cuenta. Se desabrochó el cinturón e inmediatamente se empezó a oír un pitido insistente.

—¡Deja de sonar! —dijo Beezus al cinturón de seguridad mientras se daba la vuelta en el asiento para bajar la ventanilla de Ramona.

Al entrar aire frío dejó de oler a perro y la lluvia que le cayó en la cara hizo que Ramona se encontrara mejor, aunque seguía quieta y sin abrir la boca.

—¿Cómo me habré metido en este lío? —murmuró la señora Quimby, mientras cogía el carril de la derecha para salir de la autopista.

Cuando los tres miembros de la tropa llegaron por fin a la galería y estacionaron en frente de la Escuela de Peluquería Robert, las mujeres salieron del auto y se vieron envueltas en una cortina de agua. Ramona, que se había recuperado rápidamente nada más bajarse, estaba encantada de poder chapotear en los charcos.

Fuera hacía frío y al entrar en la peluquería notaron una bocanada de aire cálido y perfumado. "Blaj", pensó Ramona mientras escuchaba el sonido del agua, de las tijeras y de los secadores. Un señor, probablemente el mismísimo Robert en persona, se acercó y les preguntó:

—¿En qué puedo servirles, señoras?

Mientras, Ramona, que estaba sudando del calor, se quitó el abrigo.

A Beezus le entró la timidez.

—Me . . . me gustaría que me cortara el pelo Dawna —dijo en voz muy baja.

—Dawna sacó el título la semana pasada —dijo Robert echando una ojeada al biombo que ocultaba las actividades de los alumnos de la escuela—, pero Lester está disponible.

—Adelante —dijo la señora Quimby al ver que Beezus le pedía consejo con la mirada—. Tú lo que quieres es cortarte el pelo, ¿no?

Entonces Robert dijo que tenían que pagarle por adelantado. Beezus abrió su monedero y desdobló los billetes que había ahorrado. Al ver que Robert se la llevaba detrás del biombo, la señora Quimby suspiró, se sentó en una silla de plástico y cogió una revista vieja. Ramona procuró entretenerse haciendo dibujos con la punta del pie en los charquitos de agua que habían dejado en el linóleo al entrar las tres empapadas.

—Ramona, no hagas eso, por favor —dijo la señora Quimby levantando la mirada de la revista.

Ramona se echó hacia atrás en la silla y suspiró. Empezaba a sentir los pies muy calientes dentro de las botas. Para pasar el tiempo se puso a mirar las fotos de peinados que había en la pared.

—¿Beezus va a quedar como ésa? —susurró.

La señora Quimby volvió a levantar la vista.

—Espero que no —le contestó en voz baja.

Ramona se acercó al biombo para ver qué le estaban haciendo a su hermana y poder informar a su madre.

—Beezus está sentada, con la cabeza echada hacia atrás en un lavamanos. Un señor le está lavando el pelo. Está echándole muchísimo champú. No hace falta usar tanto.

—Mmm —dijo su madre sin quitar los ojos de la revista.

Ramona volvió la cabeza para ver qué leía su madre con tanto interés. Recetas de cocina. Volvió a mirar detrás del biombo.

—Le está frotando la cabeza con una toalla —anunció.

—Mmm.

A Ramona la estaba poniendo nerviosa que su madre no dijera más que "Mmm". Se pasó al otro lado del biombo para poder ver mejor. Lester estaba observando el pelo de Beezus, cogiendo cada mechón detenidamente mientras una mujer, que debía ser la profesora, lo miraba.

—Ramona, ven aquí —susurró la señora Quimby desde el otro lado del biombo.

Ramona volvió a sentarse en la silla de plástico y se puso a balancear las piernas por debajo de la silla. Cómo le gustaría que a ella

también le lavaran el pelo. Levantó las cejas todo lo que pudo para hacer que el flequillo pareciera más largo y pensó en las cuatro o cinco monedas que tenía en una caja de plástico en casa.

—Pequeña, ¿quieres que te cortemos el pelo a ti también? —preguntó Robert como si hubiera adivinado lo que estaba pensando o como si estuviera harto de verla moviendo las piernas.

Ramona paró de mover las piernas y contestó muy finamente:

—No, gracias. Estamos un poco justos de dinero.

Se sintió muy mayor al usar la frase que había aprendido de su padre.

La señora Quimby suspiró con cara de desesperación y echó un vistazo a su reloj. Estaban tardando bastante en cortarle el pelo a Beezus.

—Para los niños menores de diez años cuesta la mitad —dijo Robert—. Además, no tendrían que esperar nada porque con esta lluvia no tenemos casi gente.

La señora Quimby le miró fijamente el pelo mientras Ramona intentaba levantar las cejas aún más.

—De acuerdo, Ramona —dijo—. Es verdad que no te vendría mal cortarte el pelo, y así me quito una cosa de encima.

Cuando quiso darse cuenta, Ramona ya estaba sentada en una silla y con un plástico pintado con perritos y con la cabeza metida en un lavamanos y enterrada bajo montañas de espuma. Mientras, una chica llamada Denise le frotaba el cuero cabelludo con los dedos. ¡Qué felicidad! Cuando le lavaban el pelo en casa era completamente distinto. Aquí no se le metía jabón en los ojos, no tenía que quejarse de si el agua estaba demasiado fría o demasiado caliente, no se daba golpes en la cabeza con el grifo de la cocina ni se le dormían las piernas de estar tanto rato de rodillas encima de una silla; nadie le decía que se estuviera quieta y no se le metía agua por la nuca. Lo malo fue que aquella maravilla duró bastante poco. Denise le frotó el pelo con una toalla y la llevó a una silla frente a un espejo. Detrás de la fila de espejos se oía el ruido de las tijeras cortándole el pelo a Beezus, con algún silencio de vez en cuando.

—Hazle un corte tipo duende —dijo la profesora a Denise.

"¿Duende?", pensó Ramona sorprendida y contenta a la vez. Ramona la duende sonaba mucho mejor que Ramona la chinche, que era como la llamaban Beezus y sus amigas.

—Córtale un poco el flequillo y métele las puntas hacia dentro —dijo la profesora.

Denise se puso manos a la obra. Se empezó a oír el *trac-trac* de las tijeras. Al contrario de lo que le ocurría a Lester, que estaba al otro lado del espejo, Denise sabía lo que hacía. Puede que hubiera estudiado durante más tiempo.

Ramona cerró los ojos. *Tris-tras.* Denise le estaba cortando el flequillo. Al abrir los ojos descubrió que se lo había dejado un poco más largo por el centro. "Ahora tengo la frente como la parte de arriba de un corazón— pensó Ramona—. Parezco una tarjeta de San Valentín".

Denise siguió cogiendo mechones de pelo mojado y cortándolos a toda velocidad. *Tris-tras,* hasta que llegó al mechón por el que había empezado. Luego sacó un peine, un secador de mano y un cepillo. Con todo ello le fue poniendo el pelo en su sitio. Al poco tiempo lo tenía seco. Después de pasarle el peine un par de veces más, le quitó el plástico

y Ramona se vio de repente con el pelo relu-
ciente y bien cortado.

—Excelente —le dijo la profesora a Denise—. Le ha quedado monísimo.

Los estudiantes que no tenían clientes se acercaron. Empezaron a hacer comentarios que a Ramona le parecieron increíbles, como "Qué monada". "Qué rica". "Un duende encantador". Al otro lado del espejo se oía el zumbido del secador.

Ramona, contenta y sintiéndose ligera, regresó junto a su madre.

—¡Pero bueno, Ramona! —dijo la señora Quimby soltando la revista—. Qué bien te han dejado el pelo. Estás estupenda.

Ramona estaba tan contenta que no podía parar de sonreír. Incluso movió la nariz como una conejita.

Pero algo hizo que la señora Quimby dejara de sonreír. Ramona miró hacia atrás y vio a Beezus de pie, junto al biombo. Beezus tenía el pelo ahuecado tres pulgadas por encima de la cabeza. El flequillo se le había quedado tieso de la cantidad de laca que le

habían puesto. No se parecía nada a la chica que salía patinando en la tele. Parecía lo que era: una niña de séptimo desesperada porque la habían peinado como a una señora de cuarenta.

A Ramona no se le ocurría nada que decir. Todos se quedaron mudos menos Robert, que dijo:

—Estás maravillosa, cielo.

Pero nadie le contestó. Beezus tenía la cara igual de tiesa que el pelo.

Ramona pensó en todo el dinero que había ahorrado su hermana y le entraron ganas de gritarle a Robert: "¡De maravillosa nada! ¡Está horrible!", pero por una vez en su vida, logró contenerse. Le daba pena que su hermana hubiera estado ahorrando tanto para aquello, pero muy en el fondo, aunque le daba vergüenza pensarlo, notaba una pequeña sensación de triunfo. No había duda de que ella estaba mejor que su hermana.

Ramona se dirigió hacia el auto cuidadosamente. No quería correr ni dar saltos para no despeinarse. Beezus no abrió la boca. Cuando las tres ya tenían el cinturón puesto, Beezus no pudo más.

—¡Bueno, venga, pueden decirlo! —exclamó indignada y llorosa—. Pueden decirme que estoy feísima, que me han dejado el pelo tieso y horrendo, como si fuera una peluca. ¡Y, encima, una peluca barata!

—No es para tanto, Beezus —dijo su madre con suavidad.

—¡Sí que es para tanto! —siguió Beezus—. Le he dicho al Lester ese que no me pusiera el pelo de punta, pero según él, me iba a quedar muy bien. Y ahora resulta que te he hecho perder la mañana entera y yo me he gastado todos mis ahorros. Estoy espantosa y así no puedo ir a la escuela porque se van a reír de mí todos.

Después de esto se puso a llorar desconsoladamente.

—Vida mía —dijo la señora Quimby, mientras abrazaba a Beezus y la dejaba llorar sobre su hombro.

A Ramona se le llenaron los ojos de lágrimas. Se sentía incapaz de soportar la tristeza de su hermana, incluso aunque el pelo le había quedado a ella mejor que a Beezus. Ese pelo tan tieso, el dinero desperdiciado . . . Ya ni siquiera estaba contenta de que le hubieran cortado tan bien el pelo. No quería tenerlo mejor que Beezus. Quería que las dos lo tuvieran igual para que la gente dijera: "Mira, es Beatrice Quimby, esa chica tan simpática. Va con su hermana, que también es muy simpática".

—Yo lo único que quería era estar mona—

dijo Beezus con la boca aplastada contra el abrigo de su madre—. Ya sé que es más importante la manera de ser que el aspecto físico, pero yo lo único que quería era estar mona.

—Claro que sí —la tranquilizó su madre—. Digamos lo que digamos, todos queremos tener buen aspecto.

Ramona suspiró tristemente.

—Y vas a estar monísima —continuó la señora Quimby—, en cuanto te laves el pelo para quitarte toda esa laca y te peines a tu manera. Ten en cuenta que de lo que se trataba era de que te cortaran el pelo.

Beezus miró a su madre con la cara hinchada y llena de lágrimas.

—¿De verdad crees que me va a quedar bien cuando me lo lave?

—De verdad —dijo la señora Quimby—. Sólo tienes que lavártelo y peinártelo.

Beezus se enderezó en el asiento y soltó un suspiro.

Madre e hija habían olvidado al duende encantador que llevaban en una esquina del asiento trasero. Ramona pensó que más le valía llegar a casa sin devolver por el camino. No quería despeinarse.

RAMONA Y SU PIJAMA NUEVO

Como había dicho la señora Quimby, en cuanto Beezus se lavó el pelo volvió a ser la Beezus de toda la vida. Ramona y su madre prefirieron no decirle que le había quedado casi igual que cuando se lo cortaba en casa. Lo más importante era que Beezus había vuelto a ser una niña normal y corriente.

En cuanto a Ramona, los mayores se pasaron una temporada diciendo: "Qué bien te queda el pelo así", como si les sorprendiera que a Ramona le pudiera quedar el pelo bien.

Los niños le preguntaban: "¿Por qué tienes el flequillo más largo en el medio?"

"Porque soy un duende", decía Ramona. Otras veces contestaba: "Porque soy una tarjeta de San Valentín".

Al pasar los días todos dejaron de fijarse en el pelo de Ramona, incluso ella misma.

Estaba claro que los padres de Ramona tenían cosas más importantes en qué pensar. Al principio, Ramona no sabía de qué se trataba. Sus padres se encerraban en su cuarto y conversaban en tono serio durante mucho rato. Un día Ramona se arrodilló junto a la rejilla de la calefacción para ver si lograba oír algo, pero sólo le llegaron palabras sueltas, como "No creo . . . escuela . . . podemos intentar . . . maestra . . . escuela". Quizá estuvieran discutiendo.

—¡Ya les dije que no se peleen más! —gritó Ramona por la rejilla.

Se produjo un silencio, como si sus padres se hubieran quedado sorprendidos. Después oyó risas y luego cuchicheos otra vez.

Decidió que debían estar hablando de ella. ¿Qué podían decir de Beezus que tuviera que ver con la escuela? Nada. ¿Qué podían decir de Ramona que tuviera que ver con la escuela? Para empezar, lo de la ortografía . . .

Estaba convencida de que vendrían y hablarían con ella sobre lo poco que se esforzaba en mejorar la ortografía y en portarse bien. Al ver que no venían, decidió no preocuparse más y se puso a mover la nariz como una conejita. Así, por lo menos, se sentía igual de querida y de protegida que los osos y las conejitas de los cuentos que le leía su madre cuando era pequeña.

Una noche en que Ramona había dejado

de ser un duende y se había convertido en una conejita, se puso a mover la nariz y a dar saltos por el pasillo. *Plop. Plop. Plop.*

—Ramona, ¿no puedes hacer menos ruido? —preguntó su madre, que estaba viendo el noticiero de la noche mientras descosía el dobladillo de un vestido de Beezus.

Ramona dejó de ser una conejita pero no contestó. Claro que podía hacer menos ruido, pero se estaba divirtiendo. A veces, su madre no se daba cuenta de las cosas.

La señora Quimby dejó de coser y levantó la vista.

—Pero bueno, Ramona —exclamó—. Si ese pijama te queda diminuto.

Y era verdad. Ramona, a quien siempre se le quedaba la ropa chica, no se había dado cuenta de que las mangas le llegaban por los codos y los pantalones por las rodillas. Y encima estaba incómoda, porque le quedaba

177

muy apretado. Además, la tela estaba tan
gastada de lavarla que le había salido pelusa.

—Tengo que darte otro pijama —dijo la
señora Quimby—. Voy a traértelo para que
te lo pongas.

—¿Me vas a dar uno de los que le han
quedado pequeños a Beezus? —preguntó
Ramona.

Su madre tenía la manía de guardar todo
lo que se le quedaba pequeño a Beezus para
dárselo a ella varios años después.

La señora Quimby fue al armario de la ropa
de cama.

—Esta vez no. Lo compré en las rebajas.

Le dio un pijama de color blanco lleno de
globos de colores. Estaba tan nuevo que aún
estaba doblado y con alfileres.

Ramona le quitó los alfileres a toda velocidad. Se quitó el pijama que le quedaba pequeño y se puso el nuevo, que le quedaba

enorme. Las mangas le tapaban las manos, se le hacían arrugas en los tobillos y parecía que se le iba a caer, pero le estaba comodísimo. La tela era igual de suave que un conejito recién nacido.

—Dóblatelo por abajo para que no te caigas —dijo la señora Quimby—. Ya verás como encoge cuando lo lave. No te preocupes.

Ramona obedeció a su madre y descubrió que como el pijama nuevo no le apretaba, podía agacharse mejor y saltar más. Movió la nariz y volvió a convertirse en una conejita. *Plop. Plop. Plop.* Fue avanzando por el pasillo hasta llegar a su cuarto. La cama le pareció cálida y acogedora. Estaba encantada de llevar un pijama que no había usado su hermana.

A la mañana siguiente se despertó con la misma sensación de calor y comodidad. Se quedó metida en la cama porque no quería quitarse el pijama todavía.

—Ramona, se te va a enfriar el desayuno— le dijo su madre desde la cocina.

Ramona se levantó lentamente, se echó un poco de agua fría en la cara y fue a desayunar.

—Pero bueno, si aún no te has vestido— dijo la señora Quimby, que ya había terminado de desayunar y fregaba su plato. El señor Quimby y Beezus llevaban los suyos al fregadero.

—No te preocupes, mamá —dijo Ramona—. No voy a ir a la escuela con el pijama puesto.

Nada más decirlo, Ramona empezó a pensar en lo estupendo que sería ir a la escuela con el pijama nuevo. La tela era tan suave que no le apetecía nada quitárselo.

—No te entretengas —dijo su padre.

El señor Quimby le dio un beso en la cabeza y se marchó a trabajar. Ramona movió la nariz como una conejita y desayunó a toda velocidad, lo cual no era difícil porque los cereales con leche casi no había que masticarlos. Mientras tanto siguió dando vueltas a lo de ir a la escuela en pijama. De repente, se acordó de haber visto a los del *kinder* con sus cascos de plástico rojo después de una visita a la estación de bomberos. Se acordó de cuando ella había ido a verlos en el *kinder* y de cuánto le había gustado su casco rojo. Después de aquella visita se había pasado muchos días advirtiéndoles a sus padres de lo peligroso que era dejar periódicos amontonados porque podían incendiarse. También se acordó de lo mucho que le había sorprendido enterarse de que los bomberos dormían en ropa interior para poder vestirse rápidamente si les llamaban en medio de la noche. Lo de Ramona era distinto, pero si se ponía la ropa encima del pijama sería como un bombero.

Mientras fregaba su plato debajo del grifo decidió dejar de ser una conejita y convertirse en un bombero. Fue corriendo por el pasillo hasta llegar a su habitación. Le costó bastante ponerse los pantalones normales encima de los del pijama. Después se puso el suéter de cuello alto encima de la parte de arriba y quedó encantada al comprobar que no se le veía. La ropa le quedaba un poco apretada, pero le daba igual. Por lo menos no pasaría frío. Se acordó de lavarse los dientes. Se puso las botas como si fuera un bombero, cogió el impermeable y el gorro de lluvia y fue corriendo a la cocina para que su madre le diera el maletín del almuerzo.

—Adiós, mamá —dijo mientras salía corriendo por la puerta de la cocina.

—Qué velocidad. Ni que fueras a apagar un fuego —le dijo su madre.

"¿Cómo lo habrá adivinado?", pensó Ramona mientras corría hacia la escuela. Pero en seguida se dio cuenta de que no tenía por qué saberlo. Su madre siempre le decía que si iba a apagar un fuego cuando la veía con prisa.

Caía una lluvia cálida y primaveral. En las puntas de las ramas negras de los árboles se veían motitas verdes. Ramona se detuvo en el jardín de un vecino para estudiar unos capullos de azafrán que habían salido entre la hierba. Eran como huevos de Pascua diminutos, azules y amarillos.

Luego siguió corriendo a toda velocidad, aunque le costaba bastante con la cantidad de ropa que llevaba puesta. Iba con la boca abierta, aullando como la sirena de un coche de bomberos, las botas retumbando en la

acera. No hizo ni caso a la gente que había en la parada de autobús y que se quedaron mirando al verla pasar. "Los bomberos deben pasar muchísimo calor", pensó Ramona al llegar a la escuela jadeando y sudando.

Por fin, llegó al cuarto de los abrigos y se alegró de poder sentarse en el suelo para poder quitarse las botas. Entró en la clase y se sentó en su sitio, agotada. Tenía la cara roja y la tela del pijama ya no le parecía tan suave como un conejito recién nacido. El pijama estaba húmedo de sudor. Empezó a pensar que lo de jugar a los bomberos no había sido una idea muy brillante. Se preguntó si notarían alguna diferencia en ella. Al final el único que se dio cuenta fue Davy, que siempre se fijaba en Ramona porque ella llevaba persiguiéndolo desde el *kinder*.

—Estás más gorda —dijo Davy.

—He desayunado mucho —contestó Ramona.

Luego le llamó Davote Pavote para que se callara. Sabía que no le gustaba nada que le llamaran Davote Pavote.

En clase hacía más calor que nunca y con tanta ropa se sentía como un chorizo enorme. Siempre les hacían levantarse antes de empezar la clase y mientras estaba de pie en su sitio, Ramona no hacía más que pensar que ojalá pudiera desabrocharse algo. Después, cuando se puso a hacer sus ejercicios, no podía estar quieta de lo que le molestaba la ropa pegajosa.

La señora Rudge se paseaba lentamente entre las filas, mirando por encima del hombro de los alumnos para ver cómo hacían los ejercicios. A Ramona le costaba bastante hacer los ejercicios sintiéndose tan incómoda. Se dio cuenta de que Davy estaba tapando su hoja con el brazo mientras Becky se había puesto muy recta para que la señora Rudge pudiera ver lo perfecto que estaba su ejercicio.

—Me gusta como Davy mantiene la vista fija en su propio cuaderno —dijo la señora Rudge.

Davy se quedó tan encantado que se le pusieron las orejas de color rosa.

Ramona bajó la mirada rápidamente hacia su cuaderno de ejercicios y se acordó de que había vuelto a oír a sus padres hablar de la escuela en voz seria. ¿Qué ocurriría? La señora Rudge se detuvo junto a su mesa, pero no para mirar el cuaderno de ejercicios, sino para mirarla a ella. A estas alturas tenía el pijama tan mojado que incluso era posible que encogiera.

—Ramona, ¿te encuentras bien? —susurró la señora Rudge.

—Sí, muy bien —dijo Ramona intentando poner voz de que estaba diciendo la verdad.

—Tienes las mejillas muy rojas —dijo la señora Rudge—. Será mejor que vayas a la oficina y le digas a la señora Miller que te ponga el termómetro.

—¿Ahora mismo? —preguntó Ramona.

—Sí, ahora —dijo la señora Rudge—. Vamos, anda.

Ramona dejó el lápiz encima de la mesa y se levantó pensando que todos iban a notar que estaba más gorda. Salió de la clase oyendo comentarios en voz baja. ¿Qué le pasaba a Ramona? ¿La habían mandado a su casa?

Al llegar al pasillo se levantó el suéter y la parte de arriba del pijama para que le diera un poco el aire. Tenía la piel toda pegajosa. Luego, hizo lo mismo con el elástico del pantalón, intentando que se le pasara el calor de las piernas.

Cuando llegó a la oficina, la señora Miller le puso el termómetro en la boca rápidamente.

—No hables —le dijo—. No vaya a ser que el termómetro se caiga y se rompa.

Ramona se quedó quieta mientras la señora Miller cogía el teléfono y hablaba durante muchísimo tiempo con una madre que estaba preocupada por su hija y quería ver a la directora. También se quedó quieta mientras un chico de sexto pidió permiso para usar el teléfono y llamó a su madre para decirle que se le había olvidado el dinero de la comida. Se quedó quieta mientras entró una madre a traer la comida a un niño que la había olvidado en casa.

Fueron pasando los minutos y Ramona seguía allí sin moverse. Aún le quedaba mucho tiempo por delante, incluyendo el recreo y la hora de comer. De repente, le entraron ganas de estar enferma de verdad. Con un poco de suerte era posible que tuviera fiebre, tanta fiebre que a la señora Miller no le quedaría más remedio que llamar a su madre al trabajo para que viniera a buscarla. Y entonces su madre la llevaría a casa y la metería entre sábanas limpias y frescas. Qué bien poder estar las dos solas en casa. Cuando estaba enferma, su madre le ponía la mano en la frente y le permitía caprichos como tomar helado y jugo de naranja entre horas. Jugo de naranja natural, no congelado. Seguro que a su madre no le importaría leerle en voz alta los cuentos que le habían gustado tanto de pequeña, como el del oso que tenía una madre osa un poco gordita y con un delantal blanco, o el del conejito que estaba metido en una cama mullida y decía buenas noches a todo lo que tenía alrededor: unos mitones, un ratón, la luna y las estrellas. Después, cuando estuviera mejor, su madre la llevaría al sofá del salón, la taparía con una manta y pondría la tele. A lo mejor, hasta podía ver el final de alguna película antigua.

Como ya estaba cansada de estar tan quieta con el termómetro en la boca, resopló. La señora Miller estaba de espaldas escribiendo a máquina.

No podía más. Empezó a hacer ruidos con la garganta:

—¡Mmm! ¡Mmm!

—Dios mío, Ramona —dijo la señora Miller—. Como estabas tan callada me había olvidado de ti. Gracias por cantar como una abejita para recordármelo.

Le quitó el termómetro de la boca, lo fue girando hasta encontrar la línea plateada que marcaba la temperatura, y dijo:

—Puedes irte a clase. Dile a la señora
Rudge que estás perfectamente, ¿de acuerdo?

—Bueno —dijo Ramona desilusionada.

Tendría que resignarse. No iban a llamar a
su madre y le esperaba un día largo y sudo-
roso. Bueno, la verdad es que sabía que su

madre no podía haber ido a rescatarla porque no la dejaban salir del trabajo así de repente. Si se hubiera puesto enferma hubiera venido a buscarla la abuela de Howie, con Willa Jean y Woger probablemente.

Ramona se paró a beber un buen sorbo de agua en una de las fuentes del pasillo. De paso, se levantó la ropa para abanicarse antes de entrar en el aula 2.

—¿Qué dice la señora Miller? —preguntó la señora Rudge.

—Que estoy perfectamente —dijo Ramona.

Los minutos pasaban lentamente. Los segundos entre cada *clic* del reloj eléctrico parecían cada vez más y más largos. Ramona tenía tanto sueño que estaba deseando cruzar los brazos encima de su mesa, apoyar la cabeza y dormir un ratito.

Cuando, por fin, sonó el timbre del recreo, la señora Rudge dijo:

—Ramona, ¿puedes venir un momento, por favor?

Ramona se dirigió lentamente hacia la mesa de la señora Rudge.

—¿Hay algo que quieras contarme? —le preguntó.

Ramona levantó la vista, se encontró con los ojos de su maestra durante un instante y volvió a mirar al suelo. Luego, movió la cabeza hacia los lados y volvió a mirar a la señora Rudge. Era tan simpática, tan dulce y gordita, que Ramona estaba deseando apoyarse en ella y contarle todas sus penas, el calor que tenía, que nadie decía que ella fuera una buena hija, que le gustaría que su madre la quisiera como a una conejita y que al final había acabado disfrazándose de bombero.

—No se lo contaré a nadie —dijo la señora Rudge—. Te lo prometo.

Ramona decidió hablar con ella.

—Tengo mucho calor —confesó—. Es que llevo el pijama puesto debajo de la ropa.

"Por favor, por favor, señora Rudge, no me obligue a explicarle por qué", rezó Ramona en silencio. Ahora que había confesado, se daba cuenta de que llevar el pijama puesto al colegio era una tontería. Pero estar en segundo y jugar a los bomberos . . . eso era la estupidez más grande del mundo.

—Bueno, pues eso es fácil de solucionar. Vete al cuarto de baño y quítatelo —dijo la señora Rudge mientras abría un cajón y sacaba una bolsa de papel—. Métela en esta bolsa y lo escondes en el pupitre.

—"No puedo" —dijo Ramona, moviendo la cabeza hacia los lados.

Nada más decirlo se dio cuenta de que había metido la pata porque había dicho *no puedo*, la frase que no le gustaba nada a la señora Rudge. Como aún no entendía muy bien por qué le ponía tan nerviosa, no quería volver a empezar a darle vueltas al tema.

Afortunadamente, la señora Rudge se limitó a preguntarle:

—¿Por qué no?

—Porque no llevo ropa interior —confesó Ramona.

Le pareció ver un brillo divertido en los ojos de su maestra. Más le valía no reírse, porque no tenía ninguna gracia. Pero la señora Rudge no se rió. Menos mal.

—Ah, bueno, tampoco pasa nada porque como no hace mucho frío, te basta con los pantalones y el suéter.

—¿Y tengo que estar todo el día sin ropa

interior? —preguntó Ramona bastante sorprendida.

En verano no se ponía camiseta, pero siempre llevaba pantaloncitos, por mucho calor que hiciera.

—¿Qué más da? —dijo la señora Rudge, haciendo un gesto con el brazo como si la ropa interior fuera una tontería cualquiera.

—Bueno —dijo Ramona casi convencida—. Pero . . . ¿me promete que no se lo va a contar a mi madre?

—Te lo prometo —dijo la señora Rudge con una gran sonrisa—. Y ahora ve a quitarte el pijama antes de que te derritas y te conviertas en un charco.

Ramona obedeció a su maestra. Qué alivio encerrarse en el cuarto de baño y quitarse el pijama empapado. Además, descubrió que no había encogido ni una pizca. Se vistió rápidamente, enrolló el pijama y lo metió en la bolsa. Aunque estaba prohibido saltar por los pasillos, Ramona volvió a clase saltando. No se cruzó con nadie porque ya se había acabado el recreo. Sabía que llegaría tarde a clase, pero iba dando saltitos porque se sentía tan ligera y tan fresca como una brisa de primavera. Además, ¿quién se iba a dar cuenta de que no llevaba ropa interior? Nadie. "La verdad es que lo de no llevar ropa interior tampoco es para tanto", pensó Ramona. Decidió que cuando fuera verano y llevara pantalones, quizá no se la pondría.

Entró en el aula 2 y abrió la tapa de su pupitre para esconder el paquete al final del todo, detrás de los libros. Hizo como que no se daba cuenta de que varios niños y niñas la miraban fijamente, preguntándose por qué la señora Rudge no la había regañado por llegar tarde. Ramona miró a su maestra y se alegró al verla sonreír. Esto la convenció de que su secreto estaba a salvo.

Ramona sintió un gran cariño por su maestra. Le devolvió la sonrisa y movió la nariz como una conejita.

7

LA LLAMADA TELEFÓNICA

Cuando llegó la hora de salir de la clase, Ramona se había olvidado por completo de su pijama y ya de vuelta en casa se puso a escribir su nombre para practicar la letra cursiva. Se había acabado lo de escribir en letra de niña pequeña. La señora Rudge le había enseñado a escribir en "letra cursi", como decía Ramona, que quería conseguir tener una buena letra.

Ramona Quimby

Le habían dicho que escribiera su nombre varias veces. Y era justo lo que estaba haciendo, escribirlo a lápiz, en bolígrafo, con *crayolas* de colores . . . y en cualquier tipo de papel que tuviera a mano. Le daba igual que fuera una bolsa de papel, un sobre viejo, la parte de atrás de un ejercicio de matemáticas o los bordes de papel de periódico. Lo escribió con el dedo en el vapor que se había quedado en el espejo del cuarto de baño, después de ducharse su padre al llegar del trabajo. Antes de cenar lo escribió con el polvo que había encima del televisor. Después de cenar salió fuera y lo escribió cuidadosamente con una tiza en cada uno de los escalones del porche. Al volver a entrar en casa se encontró con su madre y Beezus que miraban un libro lleno de fotos.

—Yo también quiero verlo —dijo Ramona, restregándose la mano en los pantalones para quitarse la tiza, mientras movía la nariz como una conejita.

—Es un libro para aprender a cortar el pelo. Lo encontré —dijo la señora Quimby—, y se me ha ocurrido que a lo mejor consigo cortarle el pelo a Beezus como el de esa chica que sale patinando en la televisión.

—Mira, mamá —dijo Beezus. Lo primero que tienes que hacer es recogerme el pelo de arriba para empezar cortando el de abajo.

—Ah. Ya —dijo la señora Quimby—. Pues no parece demasiado difícil, ¿no?

Ramona volvió a sentirse aislada. Desde aquella excursión a la escuela de peluquería, su madre y Beezus habían vuelto a llevarse bien. Eran como dos amigas . . . dos buenas amigas.

—Es hora de irse a la cama, Ramona —dijo la señora Quimby con la vista fija en el libro.

Fue en ese momento cuando Ramona se dio cuenta de algo espantoso. Su pijama estaba metido en una bolsa de papel en el fondo de su pupitre. Y encima era viernes. Hasta el lunes no iba a poder recuperarlo. Si se enteraban en casa, ¿cómo iba a explicárselo?

Lo mejor era que no se enteraran.

Sin que tuvieran que repetírselo otra vez, se metió en la bañera y salió a toda velocidad. No consiguió localizar el pijama viejo que se había quitado la noche anterior, pero en uno de los cajones del armario encontró otro que también se le había quedado pequeño. Se lo puso, apagó la luz, se metió en la cama de un salto y se tapó hasta las orejas. ¿Y si se dormía antes de que sus padres fueran a darle el beso de buenas noches?

No podía arriesgarse.

—Vengan a darme un beso —dijo medio cantando, mientras estiraba aún más la sábana y las mantas.

El señor Quimby fue el primero en aparecer.

—Me tienes un poco preocupado, Ramona —dijo después de haberle dado un beso—. No has suplicado que te dejemos ver la tele, terminar un dibujo o leer otro capítulo de un libro. Y tampoco nos has recordado que mañana no hay colegio. ¿Seguro que te encuentras bien?

Ramona soltó una risita.

—No seas tonto, papá. No me pasa nada —dijo, encantada de que su padre se hubiera fijado en que ya leía libros de los que tienen capítulos.

Después, vino la señora Quimby. Ramona estiró las sábanas aún más al oírla acercándose por el pasillo. Su madre le dio un beso y se quedó mirándola, a pesar de que en el cuarto entraba muy poca luz.

—¿Tienes frío? —le preguntó.

—No —contestó Ramona.

—Si te entra frío, dímelo y te traigo otra manta —dijo la señora Quimby. Luego añadió—: Buenas noches, que duermas bien.

"Buf, casi me pilla", pensó Ramona, mientras movía la nariz. Al terminar sus oraciones pidió a Dios que nadie se enterara de que había ido al colegio con el pijama puesto. Seguro que Dios estaba demasiado ocupado para dedicar el tiempo a un pijama, pero por pedírselo no pasaba nada. Quizá sirviera de algo.

Al llegar el sábado por la mañana se vistió dentro del armario y escondió el otro pijama en uno de los cajones. Le alegró saber que su padre iba a quedarse en casa por la mañana, aunque tenía que trabajar en el supermercado por la tarde hasta la hora de cenar. Por fin había llegado un sábado decente. Hacía buen tiempo, la acera se había secado y estaba deseando ponerse a patinar para que su padre pudiera verla.

El caso es que estaba encantada de la vida hasta que su padre echó un vistazo al salón y dijo:

—Esto es una casa, no un campamento de montaña. —El señor Quimby había visto un programa sobre montañismo en la tele—. Vamos a colaborar todos para poner esto en orden. Ramona, recoge los periódicos y revistas atrasadas y pasa el trapo del polvo por el salón. Beezus, pasa tú la aspiradora. Cuando acaben aquí, recojan sus cuartos. Hoy hay que cambiar las sábanas. Cada uno tiene que poner su granito de arena.

Menos mal que no sacó a relucir a su abuela. Aparte de lavar la batidora echando un buen chorro de detergente para que hiciera mucha espuma, a Ramona no le gustaban mucho las labores caseras. Aquella mañana lo que le apetecía era salir a patinar. Sin embargo, llevó los periódicos viejos al garaje sin decir ni mu y pasó rápidamente el trapo del polvo por el salón, mientras Beezus enchufaba la aspiradora y la arrastraba ruidosamente por la alfombra. El señor Quimby había ido a limpiar el cuarto de baño, mientras la señora Quimby hacía cosas en la cocina.

Beezus, que estaba muy juguetona aquella mañana, se fue acercando con la aspiradora hasta llegar a las puntas de los zapatos de

Ramona, que soltó un gritito como si la aspiradora fuera a comerle los pies. Su hermana empezó a perseguirla con la aspiradora. Corrieron por todo el salón hasta que Ramona dijo:

—Ja, ja. ¡A que no me agarras! —y se metió atrás del sofá.

Beezus se rindió y volvió a pasar la aspiradora como está mandado, en línea recta hacia delante y hacia atrás, igual que su padre con la máquina de cortar la hierba.

Ramona se quedó sentada en el sofá. Lo de arreglar su cuarto no corría ninguna prisa. Se abrazó las rodillas y pensó en la vergüenza que le daría si sus padres se enteraban de que había ido al colegio con el pijama puesto. También pensó en lo amigas que se habían hecho su madre y Beezus, casi como si tuvieran la misma edad. Mientras Ramona estaba dando vueltas a todas estas cosas, sonó

el teléfono que había en la cocina. A pesar
del ruido de la aspiradora, oyó a su madre
hablando con voz de sorpresa, como si no
hablara a menudo con la persona que había
llamado.

¿Quién sería? Ramona se concentró para
intentar oír la conversación. A Beezus también le entró la curiosidad y apagó la aspiradora, con lo cual a Ramona le resultó más
fácil escuchar lo que decía su madre.

—¿Sí? Ya . . . ya . . . Ah, ¿sí? ¿Hace eso?—
dijo la señora Quimby hablando en un tono
amable y educado, bastante diferente al que
usaba al hablar con su hermana, la tía
Beatrice.

"¿Quién hace qué?", pensó Ramona cada
vez más intrigada.

Cuando se hablaba de que alguien había
hecho algo, casi siempre era ella la que lo había hecho. Su madre soltó una carcajada y

Ramona se enfureció sin saber muy bien por qué. No se le ocurría qué podía haber hecho para que alguien llamara por teléfono a contárselo a su madre.

La señora Quimby siguió hablando durante un rato más, pero Ramona no logró enterarse de nada.

—Gracias por llamarme para contármelo, señora Rudge —dijo la señora Quimby antes de colgar.

Al oír el nombre de su maestra, Ramona sintió una sensación extraña, como si estuviera en un ascensor que de repente hubiera bajado cuando ella esperaba que subiera. Después, cuando se le pasó la sensación de no tener suelo debajo de los pies, le entró la furia. ¡Por eso se había reído su madre! ¡La señora Rudge se lo había contado! ¡Había llamado a su madre para soplárselo! ¡Y a su madre le parecía gracioso! Esto sí que no iba a perdonárselo a ninguna de las dos. Nunca, nunca, nunca.

Beezus volvió a poner en marcha la aspiradora. Ramona salió a gatas de detrás del sofá y le sorprendió ver que su madre había entrado en el salón.

—¿Qué hacías ahí metida? —le preguntó la señora Quimby.

—Descansar —dijo Ramona indignada.

Beezus volvió a apagar la aspiradora. Ahora le tocaba a ella contemplar una discusión interesante.

Ramona miró a su madre fijamente.

—¡La señora Rudge te lo ha soplado! —dijo echando chispas por los ojos—. Y me había prometido no contarlo en su vida. ¡Y encima tú vas y te ríes!

—Tranquilízate —dijo la señora Quimby, mientras le quitaba a Ramona una pelusilla del suéter.

—¡No pienso tranquilizarme! —gritó Ramona en voz tan alta que su padre entró en el salón para ver qué ocurría—. ¡*Odio* a la señora Rudge! Es una soplona. ¡No me quiere nada y me cuenta mentiras!

Ramona vio a sus padres mirarse como diciendo: "¿Te encargas tú o me encargo yo?" No era la primera vez que les veía hacerlo.

—Decir que la *odias* es un poco exagerado, Ramona —dijo la señora Quimby.

—No tanto —dijo Ramona.

—Creo que esta vez tiene una fuerza "nueve" según la escala de Richter —dijo el señor Quimby, como si Ramona fuera un terremoto.

—Y además les he oído hablar de mí en secreto por las noches —gritó Ramona a su madre.

—Ramona, a ver si un día de éstos te en-

teras de que el mundo no gira a tu alrededor
—dijo su padre.

—Pues me da igual lo que diga la señora
Rudge —gritó Ramona—. No me he dejado
el pijama en el colegio a propósito. Se me ha
olvidado.

La señora Quimby se quedó sorprendida.

—¿El pijama . . .? Pero, ¿se puede saber
qué hace tu pijama en el colegio? —dijo
intentando contener la risa.

Ramona puso cara de sorpresa y de estupor
a la vez. Si su madre no sabía lo del pijama,
¿qué le habría contado la señora Rudge?

—¿Se puede saber qué hace tu pijama en
el colegio? —repitió su madre.

A Ramona le vino toda la historia a la cabeza como un relámpago. Y al acordarse de
que se había disfrazado de bombero para no
tener que quitarse el pijama, porque le gus-

taba lo suave que era la tela, le dio una vergüenza tremenda.

—No pienso decírtelo —exclamó cruzando los brazos con gesto desafiante.

—A lo mejor lo ha llevado para enseñárselo a sus amigos —sugirió Beezus.

Ramona miró a su hermana con cara de desprecio. En segundo, la gente no lleva cosas al colegio para enseñarlas, excepto en el caso de que se trate de algo importante y educativo, como una mariposa que haya nacido en un bote de cristal, por ejemplo. Le parecía horrible que Beezus la creyera capaz de llevar un pijama a clase para enseñarlo. Una cosa así no la hacen ni siquiera los de *kinder*, y Beezus lo sabía perfectamente porque ya era mayorcita. Seguro que lo había dicho para hacerla rabiar.

Le entraron ganas de decir "¡Qué tontería!", pero decidió callarse. Beezus por lo menos había intentado buscar una explicación, aunque había dicho una bobada.

A la señora Quimby tampoco le había parecido muy convincente la explicación de Beezus porque dijo:

—No irás a decirme que tu pijama se ha ido al colegio andando él solito y que tú no sabes nada, ¿verdad? Bueno, la verdad es que a veces pasan cosas bastante raras.

Ramona hizo una mueca. Le daba rabia que su madre se hiciera la graciosa, porque así no iba a conseguir nada. A Ramona no se le iba a pasar la furia con una broma tonta. Le daba rabia que Beezus fuera una buena hija y que se llevara tan bien con su madre. Le daba rabia que su maestra le hubiera contado no sé qué a su madre. Le daba rabia que sus padres no se preocuparan al verla tan enojada. Le daba rabia que se le hubiera escapado lo del pijama.

—Nadie me quiere. Nadie en el mundo entero —dijo Ramona, tocando uno de sus temas preferidos.

El gato salió de la habitación con aire altivo, dirigiéndose hacia la cama de Beezus en busca de paz.

—Ni mis padres . . . ni el gato . . . nadie. Todo el mundo hace caso a Beezus. Hasta *Tiquismiquis* se fía más de Beezus que de mí —continuó al ver que su padre no se había marchado del salón, con lo cual seguía teniendo una audiencia—. Cuando sea rica y famosa, se van a arrepentir.

—Vaya, no sabía que tuvieras pensado ser rica y famosa —dijo el señor Quimby.

La verdad es que Ramona tampoco lo sabía porque se le acababa de ocurrir.

—¿Qué es eso de que todo el mundo me hace caso a mí? —preguntó Beezus furiosa—. Yo no veo que nadie cuelgue mis dibujos en ningún sitio. Con lo llena que está la puerta de la nevera de tus dibujitos y tus porquerías, casi no hay ni por donde abrirla.

Los padres de Beezus la miraron con cara de sorpresa.

—Pero bueno, Beezus —dijo la señora Quimby—. Parece mentira.

—Pues sí —dijo Beezus en el mismo tono de indignación—. Y Ramona siempre se libra de las cosas aburridas, como lavar los platos, con eso de que es pequeña. Seguro que cuando tenga ochenta años seguirá siendo pequeña.

—¿Lo ves? —dijo Ramona—. Beezus me tiene manía porque no le gusta ver mis trabajos manuales en la puerta de la nevera.

La que tenía que dar pena a sus padres era Ramona, no Beezus.

—Yo siempre molesto —continuó Ramona—. Me dejan tirada en casa de Howie cuando están trabajando, y la abuela de Howie me tiene manía. Dice que me porto tan mal que va a terminar cansándose y si no quiere cuidarme más, no van a poder seguir trabajando. ¡Lo que faltaba!

Ramona se dejó caer en el sofá, esperando que alguien le dijera que todo eso no era verdad, pero sus padres no abrieron la boca.

—Todo el mundo se mete conmigo —dijo Ramona, pensando que iba a portarse mal para que la abuela de Howie dijese que no la aguantaba de verdad.

Otro silencio.

Ramona decidió asustar a sus padres, de verdad.

—Me voy a ir de casa —anunció.

—Cuánto lo siento —dijo el señor Quimby como si irse de casa fuera una cosa muy normal.

—¿Cuándo piensas marcharte? —preguntó la señora Quimby muy educadamente.

Era lo que faltaba. Cualquier otra madre hubiera dicho: "No, Ramona, por favor, no me dejes".

—Hoy —logró decir Ramona a pesar de que le temblaban los labios—. Ahora mismo.

—Lo único que quiere es darles pena —dijo la malvada de Beezus—. Quiere que le pidan que no se vaya.

Ramona esperó a que su madre o su padre dijeran algo, pero ninguno de los dos dijo nada, con lo cual a Ramona no le quedó más remedio que levantarse del sofá.

—Voy a hacer la maleta —dijo, mientras se dirigía lentamente a su cuarto.

Nadie intentó impedírselo. Al llegar a su habitación se le saltaron las lágrimas. Sacó la caja de plástico en la que guardaba el dinero. Unas pocas monedas. Aún no había venido nadie a suplicarle que se quedara. Echó una ojeada por la habitación buscando algo que le sirviera para meter sus cosas, pero lo único que encontró fue un maletín de jugar a las enfermeras. Abrió el cierre y metió su caja de plástico en el maletín. Luego añadió su mejor caja de *crayolas* y un par de medias limpias. De repente oyó el *cling-clang, cling-clang* que hacen los patines de ruedas al tocar el asfalto. Había niños que eran felices.

Si nadie le decía que se quedara, ¿dónde podría ir? A casa de Howie no, aunque ya él no estaba enojado con ella. Además, a su abuela no le habían dicho nada de que también tuviera que cuidar a Ramona los sábados. Podría ir en autobús al piso de tía Beatrice, pero seguro que su tía la obligaba a volver a casa. Podría vivir en el parque y dormir debajo de un arbusto aunque hiciera frío. Pobrecita Ramona, todo el día en el parque,

tiritando y a oscuras. Bueno, por lo menos no llovía. "Algo es algo", pensó Ramona. Además, en un parque no hay animales salvajes, sólo ardillas.

Pero lo que ocurrió fue que la señora Quimby entró en la habitación con una maleta en la mano y dos plátanos en la otra.

—En esta maleta te caben bastantes cosas —dijo su madre—. Te voy a ayudar un poco —continuó, mientras ponía la maleta encima de la cama deshecha y metía los dos plátanos dentro—. Esto es por si te entra hambre —le explicó.

Ramona se había quedado tan sorprendida que no podía ni hablar. Vaya una madre, ayudando a su hija a escaparse de casa.

—Será mejor que te lleves los patines para cuando tengas prisa —dijo la señora Quimby—. ¿Dónde están?

Como si estuviera soñando despierta,

Ramona sacó los patines del fondo del armario y se los dio a su madre, que los metió en la maleta. ¿Qué había hecho ella para que la trataran así?

—Siempre hay que meter primero lo que más pesa —le aconsejó la señora Quimby—. ¿Dónde están tus botas de agua? Puede que llueva —dijo, mientras echaba una ojeada por la habitación—. Y no te olvides de llevar tu libro de Betsy. Y la cajita con tus dientes de leche no querrás dejarla aquí, ¿verdad?

Ramona pensó que para escaparse de casa no le hacía ninguna falta llevarse los dientes de leche, y además le daba rabia que su madre no quisiera guardarlos de recuerdo.

Se quedó de pie donde estaba, admirada de lo bien que sabía hacer maletas su madre.

—Será mejor que te lleves a Ella Funt para que te haga compañía —dijo la señora Quimby.

Cuando Ramona había dicho antes que no la quería nadie, no se podía imaginar que su madre iba a ser capaz de hacerle una cosa tan horrible. Y su padre, ¿qué? ¿A él tampoco le importaba nada? Seguro que no. Debía estar fregando el cuarto de baño tan contento, sin saber que su hija pequeña estaba desesperada. ¿Y Beezus? Seguro que en el fondo estaba contenta de que Ramona se fuera, porque así se iba a convertir en hija única. Y no había duda de que *Tiquismiquis* se iba a alegrar de verla por última vez.

Mientras miraba a su madre doblándole la ropa, se dio cuenta, de repente, de que muy adentro, donde guardaba sus secretos más importantes, siempre había estado convencida de que su madre la quería. Pero después de esto . . . Poco a poco se fue acordando de todas las cosas que su madre había hecho por ella. Una noche no había dormido casi nada porque a Ramona le dolía un oído. Y una vez le había hecho un pastel de cumpleaños en forma de bota, cubierta de chocolate y con cordones de crema. Fue cuando cumplió cuatro años y estaba empeñada en que le regalaran unas botas como las que llevan los vaqueros. Sus padres acabaron regalándoselas. Además, su madre siempre le estaba recordando que se lavara los dientes. Eso quería decir que le preocupaba su salud, ¿no? Luego se acordó de cuando su madre le había dejado cortarse el pelo en la escuela esa, aunque no tuvieran suficiente dinero. Y era su madre la que le había leído los cuentos de los osos y los conejitos cuando era pequeña.

—Ya está —dijo la señora Quimby mientras cerraba la maleta y la ponía en el suelo, añadiendo—: Ya tienes todo listo para irte.

Su madre se sentó en la cama. Ramona sacó su abrigo del armario y se lo fue poniendo lentamente, primero una manga y luego la otra. Miró a su madre con ojos tristes, mientras cogía la maleta para llevársela. Intentó levantarla del suelo, pero no pudo. No había manera de moverla. Lo intentó con las dos manos, pero era imposible.

El corazón le dio un vuelco. ¿Y si su madre lo había hecho a propósito? La señora Quimby la estaba mirando fijamente y Ramona le devolvió la mirada. Le pareció ver un brillo travieso en sus ojos.

—¡Has hecho trampa! —gritó Ramona—. Has metido muchas cosas para que no pueda levantarla. ¡No quieres que me vaya!

—¿Qué iba a hacer yo sin mi Ramona? —dijo su madre.

Abrió los brazos y Ramona corrió hacia ellos. Su madre había dicho justo lo que ella quería oír, que no podía vivir sin ella. Se sintió segura y consolada otra vez y además . . .

mmm . . . qué bien olía su madre, a limpio y a flores. Era la mejor madre del mundo entero. La blusa de la señora Quimby estaba toda mojada de las lágrimas de Ramona. Al cabo de unos minutos, la señora Quimby le dio un *Kleenex*. Después de secarse los ojos y de sonarse, a Ramona le sorprendió descubrir que su madre también tenía lágrimas en los ojos.

—Mamita —dijo Ramona, acordándose de que así la llamaba de pequeña—. ¿Por qué lo has hecho?

—Porque sabía que no iba a conseguir nada discutiendo contigo —contestó su madre—. No me ibas a hacer ni caso.

Al oír la verdad, a Ramona le dio un poco de vergüenza.

—¿Por qué ha llamado la señora Rudge? —preguntó para cambiar de tema.

La señora Quimby puso cara de preocupación.

—Ha llamado para decirme que últimamente te ha visto un poco nerviosa y haciendo un gesto raro con la nariz. Papá y yo también nos habíamos dado cuenta. La señora Rudge dice que a lo mejor te conviene pasar menos horas en la escuela.

¿Y tener que pasar más horas con la abuela de Howie? Ni hablar.

—La escuela está bien —dijo Ramona, sin sacar el tema de la ortografía, que podía dársele mejor si se esforzaba un poco.

—¿Y por qué mueves la nariz? —preguntó la señora Quimby con voz suave—. Hoy has hecho ese gesto tres veces durante el desayuno.

Ramona puso cara de sorpresa. Podía ser que de tanto moverla, lo hiciera sin darse cuenta.

—La muevo porque quiero —explicó a su madre—. Lo hago cuando juego a ser una conejita, porque me gusta que me llames conejita.

Esta vez no le importó que su madre se riera. Ella también se rió un poco para demostrar que jugar a ser una conejita le parecía una tontería, como si fuese algo de cuando era pequeña y hubiera pasado muchos años desde entonces.

—Me gustan las conejitas —dijo la señora Quimby—. Pero prefiero a las niñitas como tú.

—¿De verdad? —dijo Ramona, aunque sabía que su madre hablaba en serio.

—Me alegro de que estuvieras jugando a ser una conejita —dijo su madre—. Porque había pensado que la culpa podía ser mía por trabajar demasiado y no poder dedicarte más tiempo. Además, tu padre va a dejar de trabajar en el supermercado y va a volver a la universidad.

Ramona se quedó sorprendida.

—¿A la universidad? ¿Y va a tener que hacer tareas como yo?

—Supongo que sí —contestó la señora Quimby.

—¿Y cómo se le ha ocurrido —dijo Ramona, que no acababa de entenderlo.

—Quiere acabar la carrera —le explicó su madre—. Para poder encontrar un trabajo mejor, uno que le guste.

Así que era eso de lo que habían estado hablando sus padres por la noche.

—¿Y va a tener que vivir fuera de casa? —preguntó Ramona.

—No hace falta, porque va a ir a la Universidad de Portland, que no está muy lejos de aquí —le explicó la señora Quimby—, pero yo voy a tener que seguir trabajando con jornada completa, aunque no me importa porque me gusta mi trabajo. ¿Te importaría quedarte en casa de los Kemp por la tarde?

Ramona pensó en lo contentos que estarían todos si su padre no llegara a casa agotado de haber estado todo el día atendiendo a la cola de la caja rápida.

—No, claro que no —dijo, haciéndose la valiente—. Si no es tan horrible —añadió, pensando que iba a intentar no meterse en más líos con tijeras y botes de azulete.

Lo malo era lo de Willa Jean, pero Ramona estaba convencida de que cuando empezara a ir al jardín de infantes le iba a sentar bien. Claro que no le importaba ir a casa de los Kemp.

—Y entonces, ahora estaremos todavía más justos de dinero —le dijo a su madre.

—Vamos a tener que hacer un esfuerzo mientras tu padre esté estudiando, pero dice que va a intentar encontrar un trabajo de pocas horas una vez que haya empezado el curso —dijo la señora Quimby—. Ah, por cierto, si no quieres, no me lo cuentes, pero tengo curiosidad por saberlo. ¿Qué hace tu pijama en el colegio?

—Ya empezamos —dijo Ramona haciendo una mueca.

La historia del pijama cada vez le parecía más ridícula. Se lo contó a su madre resumiendo todo lo que pudo.

A la señora Quimby no pareció preocuparle demasiado.

—Contigo, cuando no es una cosa es otra —dijo soltando una carcajada.

—¿La señora Rudge te dijo algo de mi ortografía? —preguntó Ramona.

La verdad es que estaba bastante intrigada con la conversación entre la señora Rudge y su madre.

—Pues no —dijo la señora Quimby—. No ha sacado ese tema para nada, pero sí me ha dicho que eres una alumna brillante, de las que hacen que la enseñanza resulte más interesante.

Después de esto, la señora Quimby salió de la habitación.

¡Una alumna brillante! Qué bien. De repente, Ramona se acordó del último 4 de julio. Había cogido una bengala en cada mano y se había dedicado a dar vueltas por el jardín al anochecer. El aire se había quedado marcado con los círculos y los ochos que había hecho mientras daba vueltas por el jardín. Hubo un momento en que se había caído de lo mareada que estaba. ¡Era como si la señora Rudge la hubiera llamado bengala!

Estiró los brazos y se puso a dar vueltas por su habitación como si tuviera una bengala en cada mano. Después cogió una hoja y un

lápiz que había dejado encima de la cómoda
y escribió su nombre en letra cursiva:

Ramona Quimby

Perfecto. Una niña-bengala debe tener una
firma que parezca una bengala. A partir de
entonces iba a escribir siempre su nombre
así.

Cling-clang, cling-clang. Aún se oía a los
niños patinando fuera. Ramona abrió la maleta y sacó sus patines.